번역물 감수와 번역 교육

이 향

번역물 감수와
번역 교육

한국학술정보㈜

대부분의 사람들은 '번역'이라고 하면 문학작품의 번역, 혹은 출판 번역을 떠올린다. 그러나 실제로 국내 번역시장에서는 문학작품 뿐 아니라 수많은 종류의 계약서, 사용설명서, 광고, 영화, 만화 등이 다양한 언어로 번역된다. 그리고 이렇게 대량으로 쏟아지는 번역물들은 빠듯한 마감일에 맞춰 전문용어로 가득한 텍스트를 정확히 옮겨내는 것을 업으로 하는 수많은 전문번역사들에 의하여 생산된다. 그런데 이렇게 대량으로 쏟아져 나오는 다양한 번역물들은 당연히 번역품질의 문제를 유발한다. 사실 문학번역 영역에서 종종 제기되곤 하는 오역 논란은 차치하고라도, 잊을 만하면 터져 나오는 번역의 품질 논란 혹은 번역사의 자질 시비에 대해서는 많은 사람들이 사안의 중요성에 대해서는 공감하면서도, 정작 번역학계에서나 혹은 전문번역사들로부터 번역물의 품질관리에 대한 구체적 대안이 제시될 기회는 없었던 듯하다. 이는 번역물 품질관리의 일종인 번역물 감수의 경우에도 마찬가지여서, 국내의 경우 감수는 외국어 방향의 번역문을 (대부분은 한국어를 전혀 모르는) 외국인이 읽어주는 것 정도로만 인식하고 있는 것이 현실이다.

번역학자 디다위(Didadoui)는 현재 번역을 하고 있는 사람들은 몇 십년 후에는 모두 감수자가 될 것이라고 했다. 어쩌면 디다위의 말은 평생을 전문번역사로 일하면서 경력을 쌓고 늙어가는 것이 가능한 캐나다나 유럽연합(EU) 같은 '번역사의 천국'에서나 있을 법한 이야기라고 치부해 버릴 수도 있다. 번역사라는 직업의 전문성을 인정하지 않고, 단순히 언어전공자들이 일시적으로 '거쳐 가는' 직업 정도로 인식하는 국내의 현실에서는 수십 년 동안 전문번역을 하면서 경험을 축적한 후, '진급'하여 신참번역사의 번역물을 일정 기준에 따라 검토 수정하면서 자신의 노하우를 전수하는 전문감수자의 모습은 어쩌면 너무도 이상주의적인 그림일지도 모른다.

그러나 굳이 몇 십 년 후를 논하지 않더라도 이미 번역시장은 변화하고 있다. 실무번역에 종사하고 있는 많은 전문번역사들은 좁은 의미의 번역뿐만이 아닌 번역물의 감수, 평가, 요약, 로컬라이제이션(용어현지화) 등 극도로 다양한 언어서비스를 제공할 것을 요구받고 있으며, 이런 의미에서 이들은 번역사라기보다는 일종의 언어서비스제공자(LSD, Language Service Provider)로서 멀티플레이어의 기능을 수행해 내야 하는 상황이다. 필자가 감수라는 연구주제를 택한 것 역시, 아무런 준비 없이 이러한 실무적 상황에 처하게 되었던 당혹스러운 체험에서 비롯되었고, 국내에서는 번역품질에 관한 이론적 논의가 지극히 부족한 상황임을 감안, 이를 이론적 차원에서 접근해 보고자 하였다.

전문통번역사들은 대부분 이론을 믿지 않는다. 특히 번역의 경우, 절박한 선택의 기로에 놓여 언어와 사투를 벌이는 전문번역사에게 이론이 구원이 되는 경우는 매우 드문 것으로 여겨진다. 번역학이 언어학이나 비교문학에 크게 기대어 있던 시절, 번역이론가들이 제시하던 이론이나 원칙들은 실무 번역사들에게는 추상적이고 막연한 것으로만 보였던 것이 사실이다. 물론 번역을 연구하는 다양한 방법들이 공존해야 하며, 신생학문인 번역학은 인접학문에서 축적되어온 방법론과 개념들을 발전적으로 차용해야 할 것이다. 또한 인접학문들과의 협력을 통해서만이 진정한 독립적 학문으로 성장할 수 있음은 분명하다. 그러나 호주의 번역학자 핌(Pym)이 지적한 것처럼 현재까지 번역학 내에서 번역현장에서 발생하는 구체적 문제들을 해결하려는 노력이 상당히 빈곤했음을 감안할 때, 번역이론이 조금 더 현장으로 다가가 귀 기울여 보는 것도 의미 있는 일일 것이다. 번역물 감수라는 주제 역시 이러한 고민에서 선택된 것이다.

국내에서도 번역물이 체계적으로 관리되고 감수되는 날을 꿈꾸며 본연구가 번역의 품질에 대해 고민을 함께 하는 많은 사람들에게 작으나마 도움이 되기를 바란다.

차 례 contents

Ⅲ. 번역물 감수의 실제 고찰   74

차 례 c o n t e n t s

IV. 번역물 감수의 번역교육 차원에서의 고찰 ❧ 121

V. 결 론 ❧ 153

참고문헌 ❧ 158

부 록 ❧ 172

I

서 론

1. 연구의 개요 및 동기

본 연구는 번역물 감수(Revision of translated texts)의 이론과 실제를 고찰하고 이를 번역교육에 도입하기 위한 모델을 제시하는 것을 목적으로 한다.

번역물 감수는 일반적으로 번역의 품질을 향상시키기 위하여 검토하는 행위를 지칭한다. 오늘날의 전문번역사1)들은 엄밀한 의미에서의 번역행위, 즉 원문텍스트를 다른 언어로 옮기는 행위 이외에도 다양한 종류의 언어서비스를 수행하고 있다. 특히 다른 사람의 번역물을 검토, 평가하거나 자신이 번역한 것을 다른 사람에게 감수받는 일, 즉 번역물 감수 작업은 전문번역사가 일상적으로 접하게 되는 일이다. 그런데 다른 사람이 번역한 텍스트를 감수하는 행위는 생각처럼 단순한 일이 아니다. 이는 감수자의 역할을 어떻게 규정하느냐의 문제, 무엇을 번역의 기능으로 볼 것인가의 문제, 더 나아가 무엇을 좋은 번역으로 볼 것인가의 문제 등 매우

---

1) 본고에서 '전문번역사'라 함은 번역전문교육기관(국내에서는 석사과정)에서 일정 기간 동안 번역교육을 이수하고 활동하는 번역사를 지칭한다.

본질적인 질문들과 연결되어 있기 때문이다. 그럼에도 불구하고 번역학 내부에서는 물론, 현장의 번역사들 사이에서도 번역물 감수에 대한 논의가 체계적으로 이루어진 적이 없다는 것은 의외이다. 특히 국내의 경우, 번역물 감수뿐 아니라 번역의 품질에 관한 논의는 주로 출판번역물을 대상으로 한 오역지적 위주의 비평2) 외에는 상당히 빈곤한 실정이다.

그런데 번역에 대한 논의가 우리보다 앞서 있는 일부 국가에서는 이미 1970년대부터 번역물의 품질관리를 위한 시스템 마련에 고심해 왔으며, 그 일환으로 번역물 감수에 관한 이론적, 실무적 차원의 논의가 진행되어 왔다. 특히 캐나다에서는 이미 30여 년 전부터 번역물 감수가 번역교육의 훌륭한 수단이 될 수 있음을 감지하고, 번역물 감수를 번역교육과정의 필수과목으로 개설하는 등, 번역물 감수의 전문성을 제고하고 더 나아가 번역 품질에 대한 구체적 논의를 진행시키기 위한 토대를 마련하였다. 따라서 본고에서는 해외에서 진행되어 온 번역물 감수에 대한 고찰을 검토함으로써, 국내의 번역품질 논의의 이론적 공백을 메우는 한편, 이를 번역교육 현장에 반영하기 교육 모델을 제시하고자 한다.

2. 연구의 목적

본 연구에서는 번역물 감수를 연구 주제로 선택함으로써 다음과 같은 세 가지 목적을 달성하고자 한다.

첫 번째 목적은 학문적 공백을 메우는 것이다. 앞서 살펴본 바와 같이 번역물의 감수에 대한 논의는 기본적으로 번역의 품질이라는 대범주에 속하는 담론이다. 번역물을 감수한다는 것은 어떤 것이 좋은 번역인가의 문

---

2) 출판번역물의 비평과 관련하여서는 이상원(2005)을 참고한다.

제, 번역에서 어느 정도의 주관성이 허용되느냐의 문제, 그리고 무엇이 중요한 오류이며, 무엇이 부차적인 오류인가의 문제 등에 대한 명확한 인식과 합의를 전제로 하기 때문이다. 따라서 번역물 감수는 결국 번역의 품질에 대한 본질적인 질문들과 연결되어 있는 주제이다. 그럼에도 불구하고 현재까지 국내에서는 번역물의 품질관리나 감수에 대한 논의는 매우 빈곤한 실정이다. 더구나 번역물의 감수와 관련해서는 기본적인 용어의 정리조차 이루어져 있지 않아, 학계 및 실무자들 내부에서조차 proofreading, editing, revision 등의 용어를 명확한 구분 없이 혼용하고 있는 실정이다.3) 따라서 본 연구는 번역물의 감수에 대한 기존 논의를 고찰하고 이를 우리 상황에 맞게 소화하여 개념적 정리를 도출하는 것을 목적으로 하며, 이를 통해 번역의 품질에 관한 논의의 출발점을 마련하고자 한다.

두 번째는 실무적 목적이다. Mossop(2001)이 지적한 것처럼 오늘날의 번역시장은 번역뿐 아니라 기타 다양한 언어관련 업무(language related tasks)를 소화할 인력을 필요로 한다(p.iii). 번역물량과 커뮤니케이션의 속도가 급속히 증가하고 있는 현 상황에서, 번역사에게 번역능력 이외의 추가적 자질을 요구하는 것은 당연한 귀결이다. 그러나 번역물 감수와 관련한 별도의 논의가 없는 만큼, 현재까지 번역사들은 전적으로 스스로의 경험과 노하우만을 토대로 감수를 수행하고 있다. 따라서 본 연구를 통하여 현장에서 이루어지는 번역물 감수 및 기타 번역물의 평가에 관계되는 작업들을 이해하고, 이를 보다 효율적으로 수행하도록 하는 데 기여하고자 한다.

세 번째 목적은 번역물 감수를 번역교육에 도입함으로써, 번역교육의 질적 향상을 도모하는 것이다. 번역물 감수가 번역생산과정의 일부이고, 현장의 번역사들이 실제로 수행하고 있는 작업이라면, 이를 번역교육과정에 포함시켜야 함은 당연한 귀결이다. 앞서 언급한 바와 같이 캐나다에서는 1970년대에 이미 번역교육과정에 '번역물 감수' 과목을 개설하였다.

---

3) 용어의 혼용 문제는 차후 제2장에서 상세히 다루고자 한다.

Horguelin(1988)은 번역물 감수를 교육하는 것은 감수자를 양성하는 데 그 목적이 있다기보다는, 학생들로 하여금 번역과정의 일부로서의 감수 작업에 익숙해지도록 함으로써, 감수능력을 제고할 뿐 아니라, 전반적인 번역능력까지 향상시키는 데 있다고 주장한다. 자신이 아닌 다른 사람이 번역한 텍스트를 마주하게 되는 학생들은 잘못 번역된 부분을 가려내고 이에 대한 대안을 제시하는 과정에서, 매 순간 자신의 판단이 정확한지를 확인해야 하며, 이 과정에서 자연스럽게 번역작업의 본질이라고 할 수 있는 '선택'의 능력을 제고할 수 있기 때문이다(p.254). 따라서 본 연구에서 제시되는 번역물 감수교육에 관한 고찰은 번역학습자의 감수능력, 더 나아가서는 번역능력을 효율적으로 향상시키는 방안이 될 것이라고 기대한다.

3. 연구방법론적 고찰

1) 연구문제

번역물 감수에 대한 이론적, 실무적 차원의 논의를 체계화하고 이를 번역교육과 연결시키는 것을 목표로 하는 본 연구의 연구문제는 다음과 같이 세 가지로 정리할 수 있다.

1) 번역물 감수와 관련된 이론적 논의들은 어떻게 진행되어 왔으며, 특히 그 속에서 번역물 감수는 기타 번역의 품질을 검토하는 유사한 행위들과 어떻게 구분되는가? 또한 기존의 개념 정의상의 한계는 무엇이며 이에 대한 대안은 무엇인가?
2) 번역물 감수는 실무 현장에서 어떻게 인식되고 수행되고 있는가? 또

한 번역물 감수를 수행하는 과정에서 발생하는 문제점은 무엇인가?

3) 번역물 감수는 번역교육 차원에서 어떠한 함의를 가지는가? 이와 관련하여 어떠한 논의들이 진행되어 왔으며, 번역물 감수를 번역교 육에 효율적으로 도입하기 위한 방안은 무엇인가?

연구문제 1)은 번역물 감수에 대한 개념적 정의의 문제이다. 사실 번 역물 감수란 무엇인가라는 질문에 답하는 것은 그 자체만으로도 방대한 연구를 필요로 한다. 왜냐하면 여전히 학자별 언어권별로 번역물 감수는 다르게 정의되거나 혹은 아예 정의되지 않거나, 막연하게 정의되어 있기 때문이다. 또한 번역물 감수를 어떻게 정의하느냐에 따라 본 연구의 영 역이 설정되는 만큼 번역물 감수의 정의는 가장 핵심적이고 일차적인 질문이라고 할 수 있다. 따라서 본 연구에서는 번역물 감수의 정의와 관 련한 기존의 논의의 검토를 검토하고, 그 한계를 짚어본 후, 효율적인 대안을 제시하고자 한다.

연구문제 2)는 번역물 감수를 실무적 차원에서 이해하는 것을 목표로 한다. 앞서 우리는 번역물 감수에 대한 학문적 논의가 국내에서는 전무 하다는 사실을 지적한 바 있다. 그러나 이러한 학문적 차원에서의 공백 이 실무적 공백을 의미하는 것으로 이해되어서는 안 될 것이다. 번역물 감수행위를 번역의 품질을 향상시키는 것을 목적으로 하는 실무적 행위 라고 볼 때, 한국에서 번역물의 생산과 소비가 존재하는 한, 어떠한 방 식으로든 번역물 감수가 수행되어 왔음은 분명하다. 그렇다면 국내 시장 에서는 오늘날까지 감수가 어떠한 방식으로 수행되어 왔으며, 그 특징 및 문제점은 무엇인가를 살펴볼 필요가 있다. 또한 이러한 고찰 결과가 번역물 감수의 학문적, 교육적 논의들과 어떻게 연결될 수 있는가? 등의 질문에 대해 고찰해 보고자 한다.

연구문제 3)은 번역물 감수가 번역교육과 어떻게 연계될 수 있는가의 문제이다. 앞서 우리는 번역물 감수가 효율적인 번역교육의 수단이라고 주장한 학자들을 언급한 바 있다. 우리는 이들의 논의를 출발점으로, 번역물 감수가 번역교육과정에서 어떻게 활용되어 왔는지를 살펴보고, 국내의 상황을 감안하여, 우리는 어떠한 방식으로 번역물 감수를 번역교육과 연계시킬 수 있는가에 대해 고찰하고자 한다.

2) 연구방법

(1) 기존 연구모델의 한계 및 통합적 접근의 필요성

앞서 본고에서 다루게 될 구체적인 연구문제들을 설정하였다. 이제 앞서 제시된 연구문제에 대한 답을 찾기 위하여 어떠한 방법으로 접근할 것인가에 대한 고찰이 필요하다. 이를 위해 우선 현재 번역학계에서 제시되고 있는 다양한 연구모델을 검토하고 본 연구문제의 해결에 가장 적합한 접근방식을 선택하고자 한다.

일반적으로 번역학 연구가 어떤 방식으로 수행되어야 하는가에 대해서는 학자들마다 의견이 엇갈린다. 우선 Bell(1991)은 결과물로서의 번역 연구, 과정으로서의 번역연구, 결과와 과정의 통합적 연구(integrated study) 등 세 가지로 번역학 연구 모델을 분류하고 세 번째인 통합적 연구방식, 다시 말해 번역의 과정과 결과를 통합적으로 고찰하는 연구모델을 지향할 것을 주장한다(p.26). 한편 Arrojo(1998)는 번역학 내에서 진행되어 온 다양한 이론적 논의들을 근대본질주의적 입장(Modern essentialist approaches), 현대본질주의적 입장(Contemporary essentialist approaches), 그리고 비본질주의적 입장(Non-essentialist approaches) 등 세 가지로 분류하고 이 중 가장 이상적인 연구경향은 비본질주의, 혹은 해체주의적 입장이라고 주장하였다. 해체주의적 입장이란 번역이라는 것이 고정적 의미를 중립적으로 전달하는 것이라고 본 본질주의적 입장에 반기를 들고, 고정된 의미란 없으며, 번역의 과정에서 차이(difference)가 발생하는 것은 불가피하고 이러한 차이는 극복해야 할 장애가 아니라 그 자체로서 의미 있는 것이라는 주장을 토대로 한다(p.42). 한편, Chesterman(2000)은 현재의 번역학 연구모델을 주로 원문텍스트(ST, Source text)와 도착어텍스트(TT, Target text)의 대조를 중심으로 하는 비교연구모델(comparative model), 그리고 번역의 과정을 탐구하는 프로세스 모델(process model), 그리고 '왜?'라는 질문에 대한 해답을 찾는 인과 모델(causal model) 등 세 가지로 분류하고, 이 중 '설명적 가설'과 '예측적 가설'을 세우는 데 기여하는 인과 모델이 가장 바람직한 모델이라고 주장하였다(Olohan, 2000, pp.15-27).

그러나 어떠한 연구모델이 이상적인가에 대해 단정적으로 대답하기는 여전히 어려운 일이다. 1970년대 후반의 기술번역학(Descriptive translation studies)은 초기 번역학의 처방적 성격(prescriptivism)을 비판하며, 특정 문화 속에 존재하는 규범(norms)을 연구하는 것을 번역학의 중요한 목표로 삼았다. 그러나 Pym(2002)은 이러한 기술적 연구(descriptivism)의 한계를 지적하며, 구체적 문제에 대한 구체적 해결을 목표로 하는 번역학 연구가 필요하다고 지적하였다. Chesterman(2000) 역시 처방이 배제된 기술(description) 중심의 번역이론 속에서 현장의 번역사들은 실무 현장의 문제점을 해결하는 데 활용 가능한 정보들을 찾기가 더욱 어려워졌음을 지적하였다(p.17). 이들 역시 번역이론의 궁극적 목표를 서로 다르게 설정하고 있으며, 따라서 서로 다른 연구방법론으로 귀결되는 것은 너무도 당연하다.

본 연구의 목표는 이들 중 누구의 주장이 옳고 그른가를 따지는 데에 있지 않다. 단지 우리는 위의 학자들이 공통적으로 간과했던 한 가지 사실에 주목하고자 한다. 번역학이 성립 초기의 처방적 담론에서 벗어나 텍스트언어학 및 인지과학의 도입 등을 거치면서 다양한 인접 학문들로

부터 자양분을 얻으며 하나의 독립적 학문(academic discipline)으로 성장해 가는 과정에서 번역과정과 번역현상을 설명하기 위한 다양한 개념적 도구를 확보하였음은 부정할 수 없다. 그러나 번역학이 학문적 성숙에 필요한 이론적 틀을 갖추는 데 치중한 나머지 번역에 대한 이론적 논의들은 번역의 실무 현장 및 번역교육의 현장과는 점차 동떨어지게 된 것 또한 사실이다. 이는 몇몇 학자들이 번역학을 분류하고 정의하는 과정에서도 드러난다.

번역학을 최초로 분류한 Holmes(1972/2000) 역시 이론적, 기술적 번역학과 응용번역학 간의 변증법적(dialectical) 협력, 즉 번역학 내부의 다양한 연구 영역 간의 협력에 관하여 언급하고 있을 뿐 번역의 현장으로부터 번역학이 어떠한 자양분을 얻어낼 수 있는지에 대해서는 언급하지 않는다. 이러한 시각은 Baker & Malmkjær(1998)의 번역학 정의에도 잘 드러나 있다.

> The academic discipline concerned with the study of translation at large, including literary and non-literary translation, various forms of oral interpreting, as well as dubbing and subtitling(p.277).

Thelen(2005)은 위에 제시된 Baker & Malmkjær(1998)의 번역학 정의를 인용하면서, 번역학이 실제를 배제한 순수이론을 지향하고 있음을 지적하였다(p.43). 한편 Mossop(2005) 역시 번역의 실제에 대해 이론가들의 관심이 부족했음을 지적하며, 번역의 실무를 반영하지 않은 이론은 궁극적으로 번역의 다양한 양상을 효율적으로 설명해 낼 수 없을 것이라고 경고한다(p.24).

1960년대에 들어 번역사를 양성하는 번역전문교육기관이 증가하기 시작하였고, 비로소 체계화된 번역교육을 위한 모색이 시작되었다(Munday, 2001, p.6). 그러나 번역학을 단순히 언어학의 일부로만 간주했던 초기의

번역이론은 교단에 선 번역교사들에게 구체적인 교육의 방향을 제시해
주기에는 불충분했다. Lefevere(1985)는 이러한 상황을 다음과 같이 지
적하고 있다.

······Translation is mainly taught on the locutionary level (······)
and explains, in its turn, why so many textbooks purporting to
teach translation turn out, after some scratching of the surface, to
be little more than a rehash of currently dominant linguistic
theories, combined with a dosage of stylistics and remedial
language learning. (pp.239-240, Pym, 1993, p.67에서 재인용).

그런데 이러한 상황은 오늘날에도 크게 달라지지 않은 듯 보인다.
Pym(2000)은 학자들의 추상적 논의가 번역교육의 현실이나 학생들의
기대와 매우 동떨어져 있음을 비판하며, 번역교육에 대한 논의가 보다
현실적인 고민으로 채워져야 함을 날카롭게 지적하였다(p.336-337).

물론 번역학의 이론적 고찰과 번역의 실제가 번역교육과 효율적으로
연계되지 못하고 있음을 일찌감치 간파하고 번역교육을 위한 새로운 연
구방향을 제시한 학자들이 있었다. 대표적인 예로 독일통번역사연맹에서
1986년에 제안한 POSI(Practice oriented curriculum for the training
of translators and interpreters) 프로그램을 언급해야 할 것이다.4) POSI

---

4) 독일통번역사 연맹(BDU)에서는 대학의 번역사 양성프로그램과 급변하는 시장의
   수요 사이의 괴리가 커지고 있는 상황에서 이에 대한 해결책을 모색하기 위하여
   세 차례에 걸쳐 심포지움을 주최, 1983년 쾰른 심포지움에서는 번역교사들과 전
   문번역사들로 구성된 공동위원회를 발족하였고 공동위원회는 1986년 9월 4일
   Memorandum 형식의 권고문(BDU Memorandum)을 전달하였는데 이것이 바로
   POSI(Practice oriented curriculum for the training of translators and interpreters)라는
   약칭으로 불린다. POSI 위원회는 1998년 유럽 내의 번역교육과정에 반드시 포함
   되어야 할 요소들을 구체적으로 제안하였다. (참고: Anderman, G., & Rogers, M. In
   C. Schäffner & B. Adab (2000). pp.65-73).

는 번역교육기관의 커리큘럼이 보다 실무지향적으로 구성되어야 한다는
주장을 실천하기 위한 제안서로 이를 추진하기 위한 위원회를 발족하여
지속적인 논의를 진행하였고, 시장의 수요에 부합하는 교육프로그램을
모색하였다. POSI에서는 번역학습자, 번역교사, 전문번역사 및 번역이론
가 간의 협력방식을 아래와 같은 그림으로 표현한다.

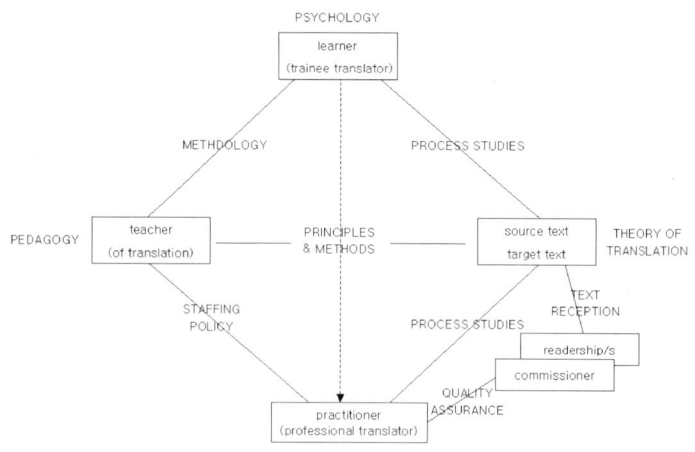

그림 1-1. 번역교육에서의 이론과 실제의 통합
(Schäffner & Adab, 2000, p.71)

위의 그림은 번역교사, 번역학습자, 번역학자, 실무번역사, 고객, 번역
물의 독자 등이 다양한 영역에서 상호 협력이 가능하다는 것을 나타내
고 있다. 예를 들어 번역이론가의 입장에서 전문번역사와 번역학습자는
과정연구(Process studies)의 대상이 될 수 있으며, 번역이론은 원칙과
방법론을 번역교사에게 제공할 수 있다고 표시되어 있다.

한편 Mossop(1998) 역시 이론과 실제, 번역교육 간의 괴리에 주목하
며, 이 문제를 해결하기 위해서는 현장의 번역사들이 어떤 방식으로 작
업하는지를 관찰하거나 혹은 설문조사를 통하여 번역사들의 실제 작업방

식에 관한 정보를 수집, 분석하여 이를 번역교육에 활용하여야 한다고
주장하였다.

이상과 같이 번역학이 학문적 성숙과정에서 번역의 실제 및 번역교육
현장에 대한 구체적인 논의를 소홀히 한 결과, 번역이론과 실제, 교육
현장 간의 효율적 연계가 이루어지지 못하고 있음을 확인하였고, 이러한
문제점을 인식하고 나름대로의 대안을 제시한 학자들의 논의도 살펴보았
다. 물론 번역학 내부에서 이루어지는 모든 학문적 연구가 번역교육에
반영되어야 하고 번역의 실제에서 제기되는 구체적인 문제의 해결에 도
움을 주어야 한다고 주장할 수는 없다. 앞서 언급한 바와 같이 번역학이
무엇을 지향해야 하며, 혹은 더 본원적으로 '학문'이라는 것이 무엇을
지향해야 하는가라는 질문에 대해서 하나의 정답이 있을 수는 없기 때
문이다. 그러나 Beaugrande(2000)는 이론과 실제의 변증법적 협력에 대
하여 논하며, 실제는 이론을 지향(theory-driven)하고 이론은 실제를 지
향(practice- driven)하여야 한다고 했다(Thelen, 2005, p.42에서 재인
용). 이론이 실제와 교감하고 실제를 효율적으로 설명할 수 있을 때, 그
리고 실무 현장의 노하우나 이론적 연구성과가 번역교육에 응용될 수
있을 때, 교육의 효율성을 제고할 뿐 아니라, 이론이 스스로를 검증할
수 있는 기회를 가지게 될 것이다. 따라서 본 연구에서는 이것이 향후
번역학 연구가 지향해야 할 여러 가지 방향 중 의미 있는 한 가지 접근
방식이 될 수 있을 것이라고 전제한다.

이러한 맥락에서, 번역물 감수를 고찰하는 본 연구에서는 번역물 감수
의 이론과 실제, 번역교육을 포괄적으로 고찰하고, 특히 이론과 실제에서
의 고찰 결과가 번역교육에 효율적으로 반영되도록 하고자 한다. 번역물
감수라는 주제의 특성상 이론적 논의만을 고찰하거나 실무적 측면만을
다루는 것은 번역물 감수가 가진 다양한 측면 중 어느 한 부분만을 보는
것이 될 것이며, 이는 앞서 언급한 이론과 실제, 번역교육 간의 괴리를

해소하는 데에 기여하지 못할 것이다. 따라서 우리는 번역물 감수를 이론, 실제, 번역교육의 세 가지 차원에서 포괄적으로 접근하고자 한다.

이는 구체적으로 다음과 같은 방법으로 번역물 감수를 연구하는 것을 의미한다.

첫째, 본 연구는 크게 번역물 감수에 대한 이론적 논의, 번역물 감수의 실제에 관한 고찰, 번역물 감수와 번역교육 등의 세 부분으로 구성된다.

둘째, 연구의 첫 단계인 번역물 감수의 이론적 고찰의 결과와 두 번째 단계인 번역물 감수의 실제 고찰은 세 번째이자 마지막 단계인 번역물 감수의 교육 모델 제시를 위한 토대가 될 것이다. 물론 번역교육에 대한 고찰의 경우, 전적으로 이론과 실제에 대한 고찰의 결과를 종합하는 것만으로 부족하며, 번역교육 차원에서의 별도의 고찰이 필요할 것이다. 따라서 본 연구의 과정을 이론+실제=교육으로 단순화하여 이해해서는 안 되며, 이론과 실제에서 도출된 자료들을 교육적 차원에서 일부 활용한다는 의미로 해석되어야 할 것이다. 이를 도식화하면 아래의 두 가지 그림으로 정리할 수 있다.

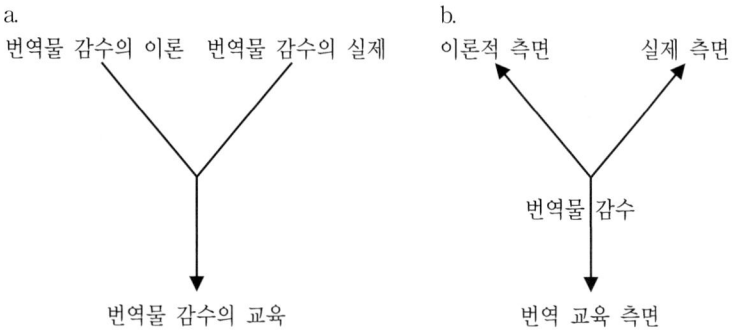

그림 1-2. 번역물 감수의 연구방법

즉 본 연구는 위의 그림 a에서 나타내는 바와 같이, 번역물 감수의 이론과 실제 고찰의 결과를 번역물 감수의 교육에 응용하는 방식으로 전개되나, 다른 한편으로는 번역물 감수라는 주제를 이론, 실제, 번역교육 등 세 가지 측면에서 고찰하는 것으로 해석될 수도 있다.

추측할 수 있는 바와 같이, 이러한 방식으로 연구 가능한 주제는 제한적이다. 번역학에서 제기되는 모든 문제들이 이론과 실제 차원에서 동시에 고찰 가능한 것은 아니며, 사실 이론과 실제를 어떻게 규정하느냐에 따라 분리 불가능한 것으로 인식될 수도 있다. 그러나 이론적, 실무적 차원에서 동시에 고찰 가능한 주제이면서 번역교육적으로도 함의가 있다고 판단되는 주제들의 경우, 이론이나 실제, 혹은 번역교육 중 어느 한 측면을 통하여 접근하는 것보다 위와 같이 통합적으로 접근하는 것이 훨씬 유의한 결과를 낳을 것임을 부정할 수 없다. 예를 들어 번역물의 품질평가를 비롯한 다양한 품질관련 논의들, 번역과정에 대한 논의 등은 학자들의 담론과 실무자들의 담론이 별개로 진행되는 경우가 많으므로 두 가지를 모두 고려하여야 하며, 이것이 교육적으로 어떻게 응용될 수 있는지에 대한 논의도 필요하다. 따라서 연구의 초기 단계에서부터 이론, 실제, 번역교육의 측면을 통합적으로 고찰함으로써, 이론 및 실제와 번역교육 간의 단절을 효율적으로 극복할 수 있다고 보는 것이다.

(2) 연구의 범위 및 방법론적 원칙

앞서 우리는 번역물 감수라는 연구 주제를 통합적 방식, 즉 이론과 실제, 번역교육의 세 가지 측면에서 포괄적으로 접근하여 살펴보기로 하였다. 이제 본 연구를 수행하기 위한 연구 범위를 설정하고 방법론적 원칙들을 제시하고자 한다. 우선 본격적인 연구에 앞서, 연구의 범위를 명확히 설정할 필요가 있다.

첫째, 우리가 일반적으로 '이론'이라고 할 때, 이는 상당히 포괄적인 의미로 사용되므로, 연구의 필요에 따라 이를 조작적으로 정의하고자 한다. 중요한 것은 해당 연구 주제를 가장 잘 드러내 줄 수 있는 범위로 이론의 개념을 한정하는 것이다. 앞서 언급한 바와 같이 이론을 어떻게 보느냐에 따라 이론과 실제가 명확하게 구분되지 않을 수도 있다. 예를 들어 이론을 '실제의 설명'이라고 볼 경우, 즉 번역물 감수의 이론이라는 것이 번역물 감수의 실제를 설명한 것이라고 생각할 경우, 번역물 감수의 이론과 실제를 별개로 다루기는 어려울 것이다. 따라서 본 연구에서는 '이론'을 '번역물 감수에 관한 논의들이 이론서나 논문 형태로 문헌화된 것'으로 정의하고 이를 '이론적 고찰'의 대상으로 삼고자 한다. 단, 번역물 감수와 번역교육을 구체적으로 연결시킨 논의들은 연구의 편의상 번역교육 관련 논의에서 다루기로 한다. 그런데 국내에서는 번역물 감수와 관련된 논의가 전무한 실정이고 대부분의 논의는 해외에서 진행되어 왔으므로, 본 연구에서의 이론은 '해외에서 진행되어 온 번역물 감수관련 논의들이 논문 혹은 저서 형태로 정리된 것'을 의미한다.

둘째, 본 연구에서 번역물 감수의 '실제'는 실제 현장, 보다 구체적으로는 '국내 번역시장에서의 번역물 감수행위'로 정의한다. 그런데 국내 번역시장에서의 번역물 감수행위를 관찰한다는 것은 한국에서의 번역의 실제를 관찰하는 것만큼이나 방대한 작업이므로 관찰의 범위 및 한계를 처음부터 구체적으로 명시할 필요가 있다. 우선 연구대상을 어떻게 설정해야 할 것인가의 문제가 제기된다. 번역물의 품질관리나 번역물 감수를 담당하는 국가 차원의 공신력 있는 기관이 존재할 경우, 해당 국가 내에서 번역물 감수 혹은 기타 번역품질관리를 어떻게 인식하고 있는지를 살펴보는 작업은 그만큼 용이해진다. 캐나다번역국에서 고안한 SICAL[5]

---

5) SICAL은 캐나다언어품질평가시스템(Système canadien d'appréciation de la qualité linguistique)의 약칭으로 캐나다의 통번역 업무를 총괄하는 정부 기관인 캐나다 번역국(Translation Bureau)에서 번역물 품질관리를 위하여 고안한 시스템이다. 1976년 SICAL I이 만들어졌으며 이어 1978년, 1986년에 SICAL II와 SICAL III가

이 대표적인 예라고 할 수 있겠다. 그러나 앞서 설명한 바와 같이 우리 나라에는 현재 국가 차원의 공신력 있는 번역물 품질관리 시스템 혹은 번역물 감수 시스템이 존재하지 않는다. 따라서 번역물의 품질관리나 번 역물 감수는 번역업체6) 혹은 개별 번역사들에 의해 다양한 방식으로 수 행되어 왔을 것임을 짐작할 수 있다. 이러한 번역업체들과 개별 번역사 들이 번역물 감수 개념을 어떻게 인식하고 있는지를 살펴봄으로써 한국 번역시장에서의 번역물 감수 개념에 접근할 수 있다고 판단된다. 본고에 서는 따라서 번역물 감수의 실제를 번역업체 및 개별 번역사들이 번역 물 감수를 어떻게 인식하고 있는지를 중심으로 파악하고자 한다.

셋째, 각각의 영역을 살펴보되, 서로 비교 보완이 가능할 수 있도록 공통의 개념들을 통해 고찰하고자 한다. 본 연구가 감수에 대한 이론적 성찰의 출발점으로서 의미를 가지기 위해서는 일차적으로 번역물 감수의 개념적 정의를 명확히 하는 작업이 필요하다. 또한 향후 번역물 감수에 대한 이론적 연구성과를 실무적 현장에 반영하고, 번역교육 현장에 도입 하기 위해서는 번역물 감수의 기준이 반드시 필요하다. 따라서 번역물 감수의 이론과 실제를 고찰하는 과정에서 '번역물 감수의 정의' 및 '번 역물 감수의 기준'에 관한 고찰에 초점을 맞추기로 한다.

넷째, 본 연구에서 '번역교육'은 석사과정 이상의 전문적인 번역교육 을 의미하며, 따라서 본고에서 제시되는 모델은 '석사과정의 번역전문교 육기관'에서 도입 가능한 교육 모델을 의미한다.

다섯째, 본 연구에서 '번역물 감수'라 함은 전적으로 실용적 텍스트7)

만들어졌다. 전적으로 언어적 차원만을 고려하였던 SICAL I 과는 달리 SICAL II와 SICAL III는 고객의 요구에 대한 보다 철저한 분석, 샘플링 방식의 도입 등 보다 현실적이고 유연한 기준들을 도입하였다.

6) 번역전문업체, 번역에이전시 등의 명칭이 두루 사용되나, 본 연구에서는 '번역 업체'로 통일하고자 한다.

7) 본고에서 '실용적 텍스트'는 Delisle 등(1999)의 정의를 따른 것으로 '일반적 혹

의 번역물을 대상으로 한 감수를 의미하는 것이며, 문학번역물의 감수는 연구 대상에서 제외한다.

따라서 본 연구는 1) 번역물 감수와 관련하여 해외에서 진행되어 온 이론적 논의들을 번역물 감수의 정의와 기준 중심으로 파악하고, 2) 국내 번역시장에서의 번역물 감수의 실제를 번역업체 및 개별 번역사들을 대상으로 번역물 감수의 정의와 기준 중심으로 고찰한 후, 3) 이를 바탕으로 국내 번역교육에 번역물 감수를 효율적으로 도입하기 위한 구체적 모델을 제시하는 것으로 요약할 수 있다.

이제 이상의 연구를 수행하기 위한 방법론적 원칙들을 다음과 같이 설정하고자 한다.

첫째, 본 연구에서는 번역물 감수의 이론과 실제를 함께 고찰하여 번역교육에의 함의를 도출해 내는 것을 골자로 한다. 그런데 이론과 실제, 교육을 하나의 방법론으로 접근하기에는 현실적인 어려움이 있다. 따라서 전체를 하나의 방법론을 통하여 보지 않고 부분별로 적합한 방법론을 선택하고자 한다.

둘째, 번역물 감수의 실제에 관한 고찰은 앞서 설명한 바와 같이 국내의 실무 현장에서 번역물 감수가 어떻게 인식되고 있는지를 파악하는 것이 목적이다. 따라서 가설을 검증하는 것이 아닌 현상을 포괄적으로 이해하고 분석하는 것을 목적으로 하는 질적 접근을 바탕으로 하되, '자료의 다원화(triangulation)'를 통하여 최대한 다양한 측면을 고찰하고자 한다 (Patton, 1980, pp.108-109). 자료의 다원화란 일반적으로 하나의 방법론을 통하여 자료를 수집하는 데서 오는 단점을 보완하기 위하여, 인터뷰, 관찰 등 다양한 방법을 조합함으로써 개별적인 방법론이 가지는 단점을 보완하는 방법으로 질적 조사에서 흔히 사용되는 방법이다(Denzin, 1970,

---

은 전문적 성격의 정보를 전달하는 것을 목적으로 하는 텍스트로 문예적 성격의 텍스트들과는 달리 미학적 측면보다는 정보전달의 측면을 중시하는 텍스트'를 지칭한다.

Merriam, 1988, p.69에서 재인용). 초기에는 주로 사례연구의 타당도를 높이기 위한 방법으로 사용되어 왔으나, 오늘날은 특정 현상을 보다 포괄적으로 이해함으로써 보다 설득력 있는 설명을 제시하기 위한 방법으로 이해되고 있다(Mathison, 1988, p.17, Merriam, 1988, p.69에서 재인용). 본 연구에서는 연구대상을 번역업체와 개별 번역사로 구체화하되, 자료의 다원화를 위하여 국내 번역시장에서 번역물을 생산하는 주체인 번역업체를 대상으로 한 자료조사, 전문번역사들을 대상으로 한 면접조사, 전문번역사의 번역물 감수결과 관찰 등 세 단계로 자료를 수집하여 이를 비교, 분석함으로써, 번역물 감수 실태를 보다 포괄적으로 이해하고자 한다.

셋째, 이론과 실제를 개별적으로 연구하되, 각각의 연구결과를 번역교육에 효율적으로 연계시키는 것에 중점을 두고자 한다. 즉 번역물 감수의 이론적 연구결과와 감수의 실제를 고찰하는 데 그치지 않고 해당 연구결과가 번역교육에 어떻게 접목될 수 있는지에 대한 고찰이 이루어져야 한다는 것이다. 이를 위해 각 장의 마지막 부분에는 번역교육 차원에서의 함의를 포함시키고자 한다.

(3) 연구의 구성

이제 각 장별 구성을 정리해 보면 다음과 같다.

제2장에서는 번역물 감수를 이론적 측면에서 고찰한다. 제2장은 다음의 세 부분으로 구성된다.

제2.1장에서는 번역물 감수란 무엇이며, 번역물 감수와 유사한 것으로 오해되는 다른 행위들과 번역물 감수를 어떻게 구별할 수 있는가의 문제, 다시 말해 번역물 감수의 정의 문제를 다룬다. 여기서는 우선 번역물 감수를 언급한 주요 저자들을 중심으로 감수 개념이 어떤 과정을 거

쳐 구체화되어 왔는지를 살펴보고(제2.1.1장), 현재 번역물 감수의 개념
상의 문제점이 무엇인지를 짚어본 후(제2.1.2장), 이를 바탕으로 번역물
감수의 정의를 제안하고자 한다(제2.1.3장).

제2.2장에서는 번역텍스트에서 무엇을 감수해야 하는가의 문제, 즉 번
역물 감수의 기준 문제를 다루고자 한다. 여기서는 구체적으로 번역물
감수 기준을 제시한 연구들을 중심으로 검토하고(제2.2.1장), 각각의 한
계를 짚어본 후(제2.2.2장), 논의를 종합하여 최종적인 감수 기준을 제안
하고자 한다(제2.2.3장).

제2.3장에서는 본 장에서 도출된 연구결과를 번역물 감수의 교육 측
면과 어떤 식으로 접목시킬 수 있는가에 대해 고찰한다. 이는 본 장에서
의 연구가 이론적 분석에만 그치지 않고 번역물 감수의 교육 차원에서
효과적으로 반영되기 위해 필요한 단계이다.

제3장에서는 번역물 감수의 실제에 관해 고찰한다. 각 단계별 연구의
구성은 다음과 같다.

제3.1장에서는 번역물을 생산하는 번역업체들이 번역물 감수를 어떻게
인식하고 있는지를 파악하기 위하여 각 번역업체들이 공개적으로 표방하
는 온라인상의 번역업무 소개 및 홍보자료 속에서 번역물 감수 개념이
어떻게 드러나는지를 분석함으로써, 간접적으로 이들의 감수 개념을 파
악하고자 한다.

제3.2장에서는 실제 번역 및 감수를 수행하는 주체, 즉 개별 번역사들
을 대상으로 한 면접조사를 통하여 전문번역사들의 번역물 감수 관련
경험을 수집, 분석하여 국내 번역시장에서의 번역물 감수실태를 파악하
고자 한다. 표준화된 설문지로 개별 번역사의 경험에 접근하는 데 무리
가 있다는 판단하에, 비표준화된 직접면접방식을 선택하기로 한다.8)

---

8) 김응렬(2001)은 조사항목은 준비하되 피면접자와의 상호 작용 및 형편에 따라
   조사순서를 정하는 방식을 '비지시적 면접방식'이라고 정의하나 본 연구에서는
   사회문화연구소(1996)에 의거하여, '비표준화'라는 용어로 통일하여 사용하기로

그러나 번역행위와 마찬가지로 번역물 감수 역시 구체적 텍스트를 대상으로 구체적 상황 속에서 수행되는 행위이다. 따라서 위의 조사들을 통하여 감수에 대한 개괄적 정보들을 확보할 수는 있어도 이를 보다 구체적 데이터를 통하여 검증, 보완하는 작업이 필요하다고 판단된다. 따라서 제3.3장에서는 전문번역사들에게 실제로 번역텍스트의 감수를 의뢰하여 감수를 수행하게 한 후, 감수과정에서 어떤 문제들이 제기되는지를 관찰하고, 번역물 감수를 수행하는 과정에서 어떤 문제점들이 드러나는지를 살펴보기로 한다. 여기서는 분석의 대상을 연구자의 연구 언어인 불어의 번역, 즉 불한 번역으로 한정하기로 한다. 이상 3단계의 통하여 수집된 자료를 종합하여 국내에서의 번역물 감수의 실제를 파악하고, 이를 제2장의 이론적 논의를 보완하기 위한 자료로 삼고자 한다.

제4장에서는 번역물 감수와 번역교육에 대해 고찰한다. 본 장의 궁극적인 목적은 제2장 번역물 감수에 대한 이론적 연구의 결과와 제3장 번역물 감수의 실제 고찰의 결과를 종합하여 이를 바탕으로 번역물 감수를 교육 현장에 도입하기 위한 모델을 제시하는 데에 있다. 그런데 번역물 감수교육을 위한 모델을 제시하기 위해서는 번역물 감수의 이론과 실제에 대한 고찰 결과만으로는 불충분하다. 우선은 번역물 감수를 번역교육에 도입하는 것이 어떠한 점에서 의미가 있는지, 다시 말해 번역교육의 어떠한 측면에 기여할 수 있는지를 고찰할 필요가 있다. 또한 현재 번역물 감수교육을 도입한 교육기관에서 어떠한 방식으로 이를 수행하고 있는지, 그리고 이를 한국의 상황에 도입하기 위해서 추가적으로 고려할 점은 무엇인지를 살펴보아야 할 것이다. 따라서 본 장의 연구는 크게 다음과 같은 세 부분으로 이루어진다.

첫째, 제4.1장에서는 번역물 감수를 번역교육에 도입하는 것이 어떤 면에서 유용한가, 다시 말해 번역물 감수교육의 필요성 혹은 당위성에

한다.

대해 생각해 보고자 한다. 번역교육 전반에 관해 포괄적으로 논하는 것은 연구의 범위를 벗어나므로, 여기서는 Horguelin(1988)이 제안한 감수능력과 번역능력의 연관성을 연구의 출발점으로 삼고자 한다. 저자는 번역물 감수를 교육시킴으로써 단순히 감수능력뿐 아니라 번역능력을 전반적으로 향상시킬 수 있다고 하였다. 따라서 우리는 번역능력에 관한 기존의 연구들을 고찰해 보고, 번역능력에 대한 새로운 해석과 정의가 등장하는 과정에서 번역능력과 감수능력이 어떻게 연결될 수 있는지를 살펴보고자 한다.

둘째, 제4.2장에서는 번역물 감수를 번역교육에 도입한 사례들을 소개하는 연구들을 고찰, 한계점 및 시사점을 도출하고, 이를 번역물 감수교육 모델 도출에 활용하고자 한다.

셋째, 제4.3장에서는 번역물 감수를 번역교육에 도입하기 위한 구체적 모델을 제시하고자 한다. 결과적으로 본 장에서 도출되는 번역물 감수교육 모델은 번역물 감수에 대한 이론적 고찰의 결과, 한국에서의 번역물 감수 실태 고찰 및 해외 번역교육기관에서의 번역물 감수교육 실태 등을 종합한 결과가 될 것이다.

마지막으로 결론 부분에서는 이상의 내용을 종합, 정리하고 본 연구가 가지는 의의와 한계를 논하고자 한다.

번역물 감수의 이론 고찰

1. 번역물 감수의 개념

국어사전에서는 감수(監修)를 '책을 지을 때, 이름난 학자가 그 내용을 지도하고 감독하는 것'으로 정의하고 있다(연세한국어사전, 언어정보개발연구원, 1998, p.42). 한편 브리태니커 백과사전에서는 'revision'을 '수정 혹은 개선을 목적으로 검토하거나 주의 깊게 읽는 것'으로 정의하고 있다(Encyclopaedia Britannica, 1986, p.1944). 따라서 감수의 대상은 본질적으로 번역텍스트에만 국한되는 것이 아니며 일종의 권위를 전제로 하여 이루어지는 텍스트 검토행위를 포괄적으로 지칭하는 것으로 이해된다. 그러나 번역학에서 감수는 일반적으로 번역텍스트를 대상으로 하는 검토행위로 인식되고 있다. Delisle 등(1999)은 감수를 '번역텍스트와 원문이 의미적으로 일치하는지를 확인하기 위하여 원문과 번역문을 대조하여 검토하는 행위'로 정의하고 있다(p.175). 그러나 추후 연구에서 확인할 수 있듯이, 번역학계 내부에서조차 번역물 감수에 대한 개념적 합의가 이루어졌다고 보기는 어렵다. 따라서 본 장에서는 기존 문헌의 고찰을 통하여 번역물 감수의 개념이 어떻게 형성되어 왔으며, 오늘날 어떤 의미로 사용되고 있는지를 살펴보고 문제점을 짚어 본 후 번역물 감수의 정의를 제안하고자 한다.

1) 번역물 감수 개념에 관한 기존연구 검토

(1) 번역학의 성립과정에서의 번역물 감수 개념

국내에서건 해외에서건 '감수'라는 용어가 번역텍스트를 대상으로 본격적으로 사용되기 시작한 것, 다시 말해 번역물 감수(translation revision)의 의미로 사용되기 시작한 것은 성경번역의 감수본, 혹은 개정, 개역본이 등장하면서부터이다. 서구의 경우, King James Bible의 1870년도 개정판의 이름은 Revised Version이었다(Hosington, 1980, p.7). 한국의 성서 번역사에서는 성경번역의 감수를 '개정' 혹은 '개역'으로 칭하고 있는데, 일반적으로 성경을 원문에서 직접 번역(Direct Translation)한 것이나 다른 번역에서 재번역(Retranslation)한 것과 구분하여 기존 텍스트를 수정 보완한 것을 개정, 개역(Revision)이라고 칭한다(대한성서공회 홈페이지). 한국 성서 번역사를 살펴보면 1920년부터 2002년까지 총 21회에 걸쳐 기존 성경 번역의 부분 혹은 전체를 개역 개정하여 출판하게 되는데, 특히 1906년 한국 최초의 공인 역본 신약성서를 수정하여 1938년 출판한 것을 "개역신약성서"라 부르고 있다(대한성서공회 홈페이지).[9] 물론 여기서 '개역'이라는 의미는 주로 고어체를 없애고 문체를 다듬고 번역을 수정하는, 성경번역의 특징에 따른 고유의 작업을 의미하는 것으로 사용되기 때문에 여기서의 개역이나 개정이 일반적 번역텍스트의 감수와 동일한 것으로 보기는 어렵다.

---

9) 한편 구약성서의 경우도, 1911년 출판된 공인위원회의 번역본을 개역하여 1936년 "구약성서개역"이라는 이름으로 출판된다.

번역물 감수의 개념이 실무적 차원에서가 아니라 현대적 의미의 번역학(Translation studies)의 범주에서 언급된 것은 성경번역의 경험을 토대로 번역이론을 설계한 Nida(1964)에 이르러서이다. Nida(1964)는 자신의 성경번역경험을 이론화하는 과정에서, 번역물의 품질을 관리하기 위한 중요한 단계로서 감수(revision)를 언급하고 있다. 성경번역이 본질적으로 다수의 번역사가 공동으로 번역에 참여하는 방대한 작업이라는 점 때문에, 번역된 결과물을 전체적으로 검토하면서 일관성을 부여하는 작업은 매우 중요한 것으로 인식되었음을 짐작할 수 있다. 실제로 Nida(1964)는 번역물이 생산되는 과정을 설명하면서 revision, review, editing 등의 용어를 빈번하게 사용하였다. 따라서 우리는 이를 번역물 감수가 학문적 차원에서 처음 인식되기 시작한 시점으로 보고자 한다.

Nida(1964)는 번역의 절차를 기술적 절차(technical procedure)와 조직적 절차(organizational procedure)로 구분하는데, 번역물 감수는 조직적 절차 중의 하나로 설명된다. 저자는 원문을 이해하고 이를 도착어로 옮기는 과정, 즉 1차적 번역의 과정은 기술적 절차로, 번역이 일차적으로 완료된 후에 수행되는 다양한 수정보완 작업은 조직적(organizational) 절차로 정의하였다(pp.241-251).

조직적 절차로서의 번역물 감수에 대한 구체적인 설명이 드러나는 부분은 Nida(1964)가 번역 유형에 따른 번역의 절차를 설명하는 대목에서이다. 저자는 번역을 수행하는 주체가 1인인가 혹은 다수인가에 따라 단독번역(Translation by one person)과 공동번역 또는 공동감수(Translation or revision by a committee)로 구분하고, 각 유형에 따라 번역의 절차가 어떻게 달라지는지를 상세히 소개하고 있다. Nida(1964)가 설명한 단독번역의 절차는 다음과 같은 총 9단계로 이루어진다.

1. 자료를 전체적으로 읽기.
2. 자료의 이해에 필요한 배경지식 확보하기.
3. 주어진 텍스트가 이미 번역된 것일 경우, 기존 번역문을 검토하기.
4. 번역문 초고를 작성하기.
5. 일정 시간이 흐른 후 번역문 초고를 감수(revising)하기.
6. 큰소리로 읽어보기.
7. 다른 사람에게 읽어 보게(studying) 하여 수용자의 반응 보기.
8. 다른 번역사에게 정독(scrutiny)하도록 하기.
9. 출판에 적합하도록 감수(revising)하기(pp.245-251).

위의 번역 절차를 살펴보면, 번역문의 초안이 작성되는 제4항을 중심으로 그 이전의 단계를 기술적 절차로, 그 이후의 단계를 조직적 절차로 분류할 수 있다. 여기서 우리는 후자, 즉 조직적 절차의 구체적 항목으로 열거된 내용에 관심을 둘 필요가 있다. 그 이유는 오늘날 우리가 막연히 '감수'의 영역에 속한다고 생각하는 요소들을 저자가 어떤 용어로 지칭하고 있는지를 살펴볼 수 있기 때문이다. 저자는 대략 세 가지의 검토방식에 대해 언급하고 있다. 첫째는 번역사 스스로 자신의 번역물을 검토하는 작업,[10] 둘째는 다른 사람으로 하여금 번역물을 검토하게 하는 작업, 셋째는 출판에 적합한 형태로 수정하는 작업이다. 여기서 흥미로운 것은 저자가 이러한 다양한 작업들을 지칭하기 위하여 사용한 revising, studying, scrutiny, revising for publication 등의 용어들이다. 그런데 Nida(1964)가 번역사 스스로 번역문을 검토하는 작업과, 출판을 위한 검토 작업을 공히 revising이라는 용어로 칭한 것을 보면, 이러한 용어들을 개념적으로 명확하게 구분하고 있는 것 같지는 않다. 이렇듯 다양한 용어의 혼용현상은 또 다른 번역의 유형인 공동번역의 16단계[11]를 설명하는 대목에서도 그대로

---

10) 번역사가 자신의 번역문을 스스로 검토하는 것은 일반적으로 자기감수(Self-Revision)이라고 한다. 자세한 내용은 부록 1의 용어 정리 참조.

드러난다. 여기에서도 Nida(1964)는 polishing, revision, evaluation, correction, review 등의 용어들을 뚜렷한 구분 없이 혼용하고 있다. 저자는 번역문의 내용을 수정하는 작업과 출판을 위한 검토 작업을 모두 revision으로 칭하고 있으며, review, revision, evaluation 등의 용어들이 개념적으로 어떻게 다른지는 맥락을 통해 간접적으로 추측할 수 있을 뿐이다.

번역학이 독립적인 학문으로 자리잡아 가면서, 번역텍스트의 감수 역시 번역학 내에서 점차적으로 하나의 연구 분야로서 자리를 잡아가기 시작했다. Nida(1964)가 감수를 '언급'하였다면, 번역학의 전체적 구도 안에서 번역물 감수가 하나의 연구 분야로서 자리를 차지할 수 있는 계기를 마련한 것은 Holmes(1972/2000)이다. Holmes(1972/2000)는 번역을 연구하는 학문에 최초로 번역학(translation studies)이라는 이름을 부여하였다. 그러나 Holmes의 진정한 공헌은 최초로 번역학의 연구 영역을 분류, 정리하였다는 데에 있다. Holmes(1972/2000)는 우선 번역학을 순수번역학과 응용번역학으로 나누고 순수번역학을 다시 기술번역학과 이론번역학으로 구분하였다. 그리고 응용번역학에 속하는 분야로 번역교육, 번역지원수단, 번역 정책, 번역비평 등을 언급하였다. 저자가 제시한 각각의 범주들을 상

---

11) Nida(1964)가 설명한 공동번역의 16단계는 다음과 같다. 1. Dividing the work among members of the Editorial Committee, 2. Translating of assigned portions by members of the Editorial Committee, 3. Submitting the work to other members of the Editorial Committee, 4. Studying of these suggestions by the translator, 5. Submitting the resultant draft to the Review Committee, 6. Studying all changes and suggestions made by the Review Committee, 7. Preparing a revised draft by the Editorial Secretary, 8. Submitting a revised draft to members of the Consultative Committee, 9. Studying all suggestions made by the Consultative Committee, 10. Preparing a final draft, 11. Publishing tentative editions of limited portions, 12. Studying public reaction to limited portions, 13. Polishing of the final draft, 14. Publishing of the complete translation, 15. Incorporating post-publication corrections, 16. Post-publication revision of the text.

술하는 것은 본 연구의 범위를 벗어나므로, 여기서는 Holmes(1972/2000)
가 제시한 분류에서 번역물 감수와 관련이 있는 것으로 보이는 '번역비평'
을 중심으로 고찰하고자 한다. Holmes(1978/2000)에게 있어서 번역비평
은 주로 번역에 대한 평가 개념을 포괄하는 분야로서 응용번역학의 영역
에 속하며 번역텍스트를 '해석'하고 '평가'하는 작업이라고 설명되어 있다
(p.182). 오늘날 비평(criticism)이라는 말은 일반적으로 문학예술작품을
대상으로 하는 평가행위를 지칭하고 있는 데 반하여, Holmes(1972/2000)
는 번역물의 평가와 관련된 모든 작업을 두루 포괄하는 광범위한 의미로
사용한 것으로 보인다.12) 어쨌든 Holmes(1972/2000)는 번역비평에 대해
포괄적으로 설명하였을 뿐 번역물 감수에 대해서는 구체적으로 언급하지
않는다. 이는 순수번역학의 하위 분야인 기술번역학과 이론번역학이 비교
적 자세한 설명과 함께 그 하위 분야도 상당히 세분화되어 표시되었다는
점과 비교해 볼 때 매우 대조적이다.

그럼에도 불구하고 우리가 Holmes(1972/2000)를 재조명해 볼 수밖에
없는 이유는 훗날 Holmes의 번역학 지도를 보다 구체화시킨 Toury(1995)
와 번역학 지도상에 번역물 감수를 표시한 Munday(2001)가 모두 Holmes
의 번역학 분류를 출발점으로 삼고 있기 때문이다.

우선 Toury(1995)는 Holmes(1972/2000)의 분류를 다음과 같은 그림
으로 정리한다.

---

12) 번역비평의 개념 문제는 추후 2.1.3.장에서 정의하기로 한다.

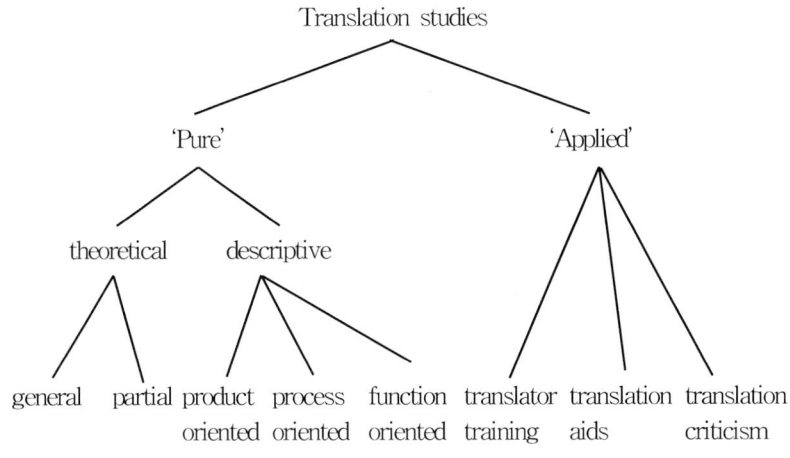

그림 2-1 Holmes의 번역학 지도(Toury, 1995, p.10)

Toury(1995)는 위의 그림을 'Holmes의 Map'이라고 부르고 있으나, 실은 위 그림은 Holmes와 Toury가 함께 만든 것이다. Holmes(1972/2000)는 위와 같은 도표가 아닌 단순한 기술 형식으로 번역학의 하위 분야를 나열했을 뿐인데, 이 내용을 위와 같은 그림 형식으로 정리한 것은 Toury(1995)이기 때문이다.[13)

이제 우리의 관심 분야인 번역비평으로 돌아가 보자. 위의 그림에서도 알 수 있듯이, Toury(1995)는 Holmes(1972/2000)와 마찬가지로 번역비평을 응용번역학에 속하는 것으로 분류하고 있으나, 여전히 번역비평의 구성 요소로 번역물 감수가 언급되지는 않은 상태이다. 따라서 Toury(1995)의 역할은 Holmes(1972/2000)의 분류를 그림의 형태로 제시하는 선에서

---

13) 게다가 Toury(1995)는 Holmes(1972/2000)의 분류를 그대로 사용하지 않고 자신의 시각에 따라 두 가지를 수정하였다. 첫째, applied translation studies를 그림 속에서 'applied'로만 표시하고 대신 본문에서 'applied extensions'이라는 표현을 제안하며 '이것이 지나치게 직접적이고 단순한 translation studies'라는 표현보다 훨씬 낫다.'고 설명(p.19)하였으며, 둘째, Holmes(1972/2000)가 언급했던 translation policy를 응용번역학의 하위범주에서 누락시켰다.

그친다고 하겠다.

Holmes(1972/2000)가 분류한 번역비평의 하위범주로 '감수'라는 용어가 구체적으로 언급된 것은 Munday(2001)에 이르러서이다. Munday(2001)는 번역비평의 하위 분야로 번역물 감수(revision), 번역물 평가(evaluation), 검토(review) 등의 세 가지를 언급함으로써, 마침내 번역물 감수를 번역학 지도상에 위치시킨다.

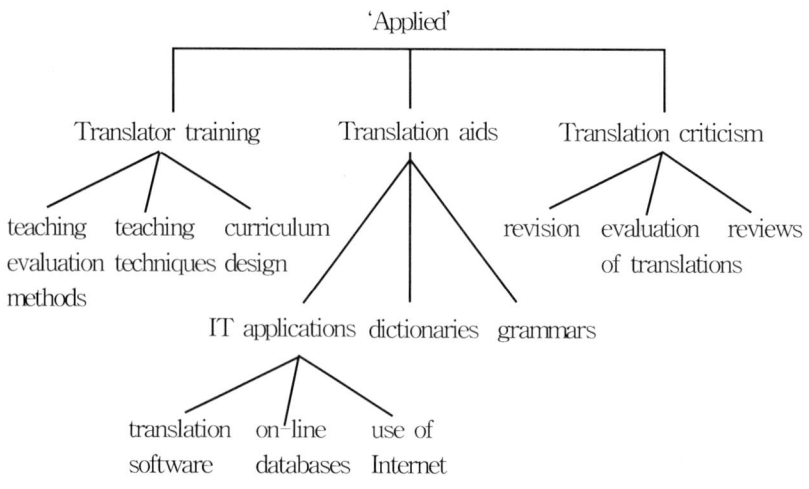

그림 2-2 Holmes/Toury의 번역학 지도 (Munday, 2001, p.13)

위의 그림은 응용번역학의 영역만을 표시한 것인데 우측의 번역비평의 하위 분야로 감수, 평가, 검토가 언급되어 있다. 이를 포함관계로 정리해 보자면 아래와 같다.

번역물 감수 < 번역비평 < 응용번역학 < 번역학

물론 Munday(2001) 역시 각각의 개념이 어떻게 정의되는지에 대한 구체적 설명은 제공하지 않는다. 단, 상위 범주인 번역비평을 아래와 같이 설명할 뿐이다.

> translation criticism: the evaluation of translations, including the marking of student translations and the reviews of published translations.(p.12)

앞서 Holmes(1972/2000)는 번역비평이 번역물의 '해석과 평가'를 포함한다고 설명하였다. Munday(2001)는 이를 바탕으로 '평가와 검토'라는 구체적 요소들을 유추하였음이 분명하다. 특히 평가의 경우 '학생들의 번역물을 채점하는' 작업을 포함한다는 구체적 설명을 덧붙이고 있다. 그러나 정작 도표에서 언급된 '감수(revision)'에 대해서는 어떤 설명도 없다. 단지 저자가 번역물 감수를 출판 번역물의 검토(review)나 번역물의 평가(evaluation)와는 구분되는 작업으로 인식하고 있음을 짐작할 수 있을 뿐이다.

(2) 독립적 연구 주제로서의 번역물 감수 개념

우리는 앞서 Nida(1964)에게 있어서 모호하게나마 번역물 감수가 언급되었음을 확인하였고, 이어 번역물 감수가 번역학을 구성하는 연구 영역으로 자리잡아 가는 과정을 살펴보았다. 그러나 이미 1970년대 말부터 보다 구체적인 방법으로 번역물 감수를 언급하고 설명한 학자들도 있었다.

1970년대에 이르러 번역에 대한 보다 실무적인 논의가 개진되기 시작하면서 번역의 품질, 혹은 품질평가, 비평 등에 관한 다양한 연구들이 이루어졌다. House(1977)[14]를 필두로 번역물의 품질 및 품질의 평가에 대한 논의가 상당히 체계적인 수준으로 이루어졌다. 이러한 상황 속에서 실무 현장에서의 감수경험, 혹은 감수를 번역교육기관에서 교육했던 경험을 바탕으로 한두 권의 저서가 연달아 출판되었다. Horguelin과 Brunette(1978/1998)[15] 및 Hosington과 Horguelin(1980)이 번역물 감수의 이론과 실제를 정리한다. 그리고 상당한 시차를 두고 Mossop(2001)이 번역물 감수와 편집을 실무적 차원에서 고찰한다. 위의 세 저서는 최초로 번역물 감수를 독립적 연구주제로 다루고 있다는 점에서 의의를 가지며, 따라서 우리는 이 세 저서를 중심으로 감수에 대한 본격적 연구가 어떤 방식으로 전개되어 왔는지를 개괄하고자 한다.

1970년대는 번역물 감수에 대한 이론적 논의에서 매우 중요한 시기이다. 1969년 캐나다 정부가 공용어법(公用語法)을 채택하면서, 캐나다 연방정부 기관에서는 영어·불어를 공용어로서 병용하는 것이 의무화되었고, 그 결과 캐나다의 번역시장이 급성장하였다. 이에 번역 품질의 체계적인 관리의 필요성이 대두되었으며, 그 결과 번역물 감수에 대한 본격적 연구가 시작되었다. 캐나다 정부에서는 번역물의 품질을 감수하기 위한 인력들을 대거 감수자로 채용하였는데, 실무경험이 전무한 연구인력들이 품질문제를 다루게 되면서 많은 문제가 발생하였다(Horguelin, 1988, p.253). 이러한 상황에 대한 해결책으로, 번역교육기관에서 감수를 체계

---

14) House(1977)는 텍스트의 유형에 따라 번역문이 번역문으로서 읽히도록 번역하는 overt translation과 cultural filter를 사용하여 번역문이 원문으로서 기능하도록 하는 covert translation 등 두 가지의 번역전략을 소개하고 번역사가 적절한 전략을 택하였는지 여부에 따라 번역의 품질을 평가할 수 있다고 주장하였다. 따라서 House(1977)의 연구는 실제로는 번역품질평가에 대한 것이라기보다는 번역전략에 관한 것이며, 바로 이러한 이유로 Hatim(2001)도 번역학을 개괄하는 자신의 저서에서 제7장 번역전략 편에서 House를 다루고 있다.

15) 1978년본은 절판되었으므로, 본고에서는 1998년본을 기준으로 한다. 저자가 서문에서 밝히고 있듯이 1978년본과 1998년본은 연습문제, 예문 등을 제외하고는 대부분 동일하다.

적으로 교육시키게 되었고, 1974년 캐나다 몬트리올 대학교 석사과정에 '감수의 기법(Technique de la révision)'이 선택과목으로 개설되기에 이르렀으며 이는 1978년부터는 필수과목으로 전환된다. 번역물 감수와 번역교육의 문제는 제4장에서 다룰 예정이므로 본 장에서는 상술하지 않고, 단지, 이러한 번역시장의 변화 및 이에 따른 번역교육기관의 커리큘럼상의 변화가 감수에 대한 체계적 연구의 계기를 마련하였음에 주목하고자 한다. 번역물 감수가 번역교육과정에 하나의 과목으로 개설되었다 함은 교사가 자신의 실무적 경험을 교육 가능한 형태로 체계화, 혹은 이론화하여야 했음을 의미한다. 다시 말해 감수가 실무 현장에서 벗어나 학생들에게 전달 가능한 이론적 틀을 갖추어야 할 필요성에 직면한 것이다.

Horguelin과 Brunette(1978/1998), 그리고 Hosington과 Horguelin (1980)는 바로 이러한 상황적 요소로 인하여 번역물 감수의 이론 및 실제를 정리하게 된 것이다. 두 저서는 공히 번역물 감수를 배우고자 하는 번역 학습자 및 전문번역사들을 대상으로 감수에 대한 기본 개념을 정립시키는 것을 목적으로 한다. 그러나 여기서 저자들은 감수를 비롯한 번역품질에 대한 다양한 논의들을 정리함으로써 번역물 감수의 개념을 최초로 정립시키는 역할을 한다. 저자가 직접 밝히는 것처럼 Hosington 과 Horguelin(1980)은 Horguelin과 Brunette(1978/1998)을 보완한 것이므로 전체적으로 많은 부분이 유사하나, 다소의 차이점도 발견된다.

우선 두 저서는 전반부에서 감수의 기본개념, 원칙, 방법론 등을 소개하고 후반부에서 감수나 교정 실습을 해볼 수 있는 연습문제를 제시하고 있다는 점, 그리고 감수 용어를 제시하고 있다는 점에서 비슷하다고 볼 수 있다. 그러나 두 저서의 가장 큰 차이점은 전자가 감수 개념에 단일언어감수(unilingual revision)와 이중언어감수(bilingual revision)를 포함시켜, 두 가지를 함께 다루고 있는 반면, 후자는 이중언어감수, 즉 번역물 감수로 설명의 대상을 축소하였다는 점이다.

중요한 것은 이들의 연구를 통하여 감수의 분명한 정의가 제시되었다는 점이다.

우선 Horguelin과 Brunette(1978/1998)은 감수에 대한 본격적 설명에 앞서, 감수를 기타 번역품질평가행위(TQA Practices)[16]들과 비교 구분한다. 여기서 저자들은 번역물 감수와 함께, 교정(proofreading), 비평(criticism), 포스트에디팅(postediting), 평가(evaluation), 품질보증(quality assurance), 품질관리(quality control) 등 7개의 개념들을 정의하고 있는데 그 내용을 정리해 보면 아래와 같다(pp.3-7).

감수: 사전에 정해진 언어적, 기능적 기준에 부합하도록 주어진 텍스트를 세밀하게 검토하는 것. 단일언어감수, 이중언어감수, 실무적 감수, 교육적 감수, 학습 감수 등으로 구분된다.

교정: 출판용 텍스트에만 해당되는 작업으로 오탈자를 수정하는 등, 사전에 합의된 교정기호들을 활용하여 텍스트의 수정할 부분을 표시하는 작업.

비평: 문학, 예술적 성격의 저작물을 평가하는 작업. 주로 실용텍스트가 아닌 문학작품의 번역문을 대상으로 함.

포스트에디팅: 자동 번역된 텍스트를 감수하는 작업.

평가: 완성된 번역물을 대상으로 수치화된 평가결과를 제시하는 것으로 번역사를 채용하거나 교육하는 과정에서 활용함.

품질보증: 번역물을 생산하는 업체 측에서, 자사가 생산하는 번역물이 주어진 품질 기준을 충족시키고 고객의 요구에 부합하도록 하기 위해 취하는 일련의 조치들.

품질관리: 번역물을 하나의 상품으로 간주하고, 고객의 만족도, 생산

---

16) Brunette(2000)은 번역물의 품질과 관련된 다양한 행위들을 통칭하는 개념으로 TQA Practices라는 용어를 사용한다. 본 연구에서도 이를 따르되 한국어로는 이를 '번역품질평가행위'로 칭하고자 한다. 번역품질평가행위의 정의는 부록 1을 참조한다.

비용, 작업속도 등을 최적화하기 위하여 취하는 일련의 조치
들. 품질보증과는 달리 생산과정의 번역물을 대상으로 함.

우선 감수의 정의를 살펴보자. 우선 감수 정의가 여전히 매우 포괄적
임에 주목해야 한다. 감수는 서로 다른 언어로 쓰인 두 텍스트(ST/TT)
를 대상으로 하는 작업, 즉 번역작업에만 해당되는 것이 아니라 모든 종
류의 텍스트를 대상으로 하는 검토 작업을 광범위하게 지칭하며 '단일언
어감수(unilingual revision)'와 '이중언어감수(bilingual revision)'를 모
두 포괄하는 용어로 사용된다. 여기서 이중언어감수는 본질적으로 단일
언어감수와 같으나, 원문 텍스트의 내용이 도착어로 등가적으로 표현되
었는지를 검증하는 작업이 추가될 뿐이라고 설명된다. Horguelin과
Brunette(1978/1998)은 이어 감수의 목적에 따라, 실무적 감수(pragmatic
revision), 교육적 감수(didactic revision), 학습 감수(pedagogic revision)
를 구분한다. 번역자와 감수자 간의 커뮤니케이션 없이 번역문을 검토하
는 작업은 실무적 감수로, 반대로 번역문을 검토하여 잘못된 부분을 번
역사가 알도록 하여 번역사의 실력향상을 꾀하는 것은 교육적 감수로,
특히 학생들의 교육과 연습 목적으로 이루어지는 감수를 학습 감수로
설명한다.[17]

그런데 위의 정의에서 품질보증과 품질관리에 대한 설명은 다소 모호
하게 느껴진다. 위의 정의에 따르면, 두 개념의 가장 큰 차이점은 품질
보증이 완성된 번역물을 대상으로 하는 것에 반해, 품질검증은 아직 완
성되지 않은 번역물, 즉 생산과정의 텍스트를 대상으로 한다는 점이다.
그런데 번역물의 생산과정이 완료되는 시점을 언제로 볼 것인가의 문제

---

17) 그러나 Horguelin(1988)에서는 감수를 교육적 감수와 실무적 감수 두 가지로만
   구분하며, 학습적 감수가 교육적 감수에 포함되는 것으로 설명하기도 하였다
   (pp.253-257). 본고에서는 학습 감수와 교육적 감수를 별도로 구분하지 않고,
   교육적 감수로 통칭한다.

가 제기된다. 고객에게 인도되는 시점을 기준으로 하는 것인지, 번역사의 손을 떠난 시점을 기준으로 할 것인지 모호하다.

반면 Hosington과 Horguelin(1980)은 이중언어감수, 즉 번역물의 감수로 설명의 범위를 분명하게 축소하였다. 즉 이중언어감수라는 것은 반드시 원문과의 대조작업을 전제로 하는 것임을 명확히 밝히고 있으며, 따라서 원문의 언어를 아는 사람이 수행하는 행위라는 점이 분명하게 드러나 있다는 점이 가장 큰 차이점이다. Horguelin과 Brunette(1978/1998)은 마찬가지로 전문번역사 혹은 감수를 배우고자 하는 학생들에게 실질적인 조언을 제시하려는 목적에서 쓰인 이 책은 감수 개념을 비교적 상세하고 구체적으로 설명하고 있으며, 캐나다에서 번역물 감수가 직업으로서 혹은 이론적 개념으로서 어떻게 이해되어 왔는지를 잘 정리하고 있다. 여기서도 역시 감수를 교정, 품질평가, 비평 등과 비교하여 설명하는데 단지 포스트에디팅, 품질보증, 품질검증 등의 개념이 빠져 있다는 점을 제외하면 그 내용은 앞서 살펴본 Horguelin과 Brunette(1978/1998)의 설명과 대동소이하다.

이상과 같이 번역물 감수를 비교적 체계적으로 다룬 주요 연구들을 살펴보았다. 앞서 살펴본 연구들은 주로 감수자로서의 실무경험 혹은 번역교육 과정에서 감수를 교육한 경험을 토대로 한 연구들이다. 이 밖에도 Arthen (1983), Graham(1989), Horguelin(1988), Sedon-Strutt(1990), Mossop (1992), Mizon-M과 Dieguez-M(1996), Didaoui(1998), Ammour (2001)를 비롯한 다양한 학자들이 번역물 감수를 언급하였다. 이 중 번역물 감수의 개념적 정리를 시도한 Graham(1989)과 Didaoui(1998)의 연구를 눈여겨볼 만하다.

Graham(1989)은 번역물 감수를 검독(checking) 및 편집(editing) 개념과 비교하여 설명하면서, 감수의 정의를 시도한다. 우선 '검독'의 경우는 텍스트의 품질관리, 혹은 교정(proofreading)과 동일한 의미로 쓰이며 오탈자 교정, 고유명사, 숫자 등을 확인하거나 해당 분야의 전문가가 내용적인 측면 위주로 검토하는 작업으로 정의되며, '편집'은 텍스트의 불필요한 내용을 삭제하거나 필요한 대목을 추가하는 등 보다 광범위한 의미에서의 텍스트 수정 행위로 설명한다. 반면, 감수는 번역된 텍스트가 제 기능을 수행할 수 있도록 만드는 작업으로써, '번역된 텍스트가 최종 독자의 요구에 최대한 부합하여 최적의 효과를 얻게 만들기 위한' 노력이라고 설명한다(p.66). 감수자의 업무는 검독자(checker)의 업무와 상당 부분 중복될 수 있음을 강조하면서, 저자는 감수 작업을 다음과 같이 설명한다.

Revision implies (······) upgrading terminology used, clarifying obscurities, reinforcing the impact, honing the emotive appeal to suit the target reader, etc. Also included will be consistency of terminology, spelling, grammar, and ensuring that the text is couched in the appropriate language register(p.66).

위에서 저자는 감수를 '용어를 수정하고, 모호한 부분을 명확히 하며, 텍스트 효과를 강화'하는 등 다양한 업무를 포함하는 것으로 설명하고 있다. 여기서 문제가 되는 것은 정의의 방식이다. 감수자가 수행해야 하는 업무를 나열하다 보니 검독이나 편집과 감수를 구분 짓는 요소가 무엇인지가 명확하게 부각되지 않는 것이다. 다만 감수 개념은 전문용어를 통일하거나 철자법을 확인하는 극히 단순한 작업에서부터 번역문의 최종적 언어적 완성도를 확인하는 일까지 매우 다양하고 방대한 작업을 포함하는 것으로 인식되고 있음을 알 수 있다. 다시 말해 Graham(1989)의 감수 개념은 Brunette과 Horguelin(1978/1998)이나 Hosington과 Horguelin(1980)이 제시한 감수 개념보다 훨씬 확장되어 있다. 그런데 이러한 개념상의 확장은 Didaoui(1998)의 논문에서도 확인된다. Didaoui

(1998)는 감수 개념을 더욱 확장하여 검독이나 편집도 감수의 여러 가지 유형 중의 하나로 보았다. 저자는 감수의 종류를 총 여덟 가지로 설명하는데, 첫째, 번역문을 검토하다가 문제가 되는 부분을 원문과 대조하여 점검하고 문법적 오류를 수정하고 문장을 다듬는 검독(checking), 둘째, 원문과 일일이 대조하는 엄밀한 의미의 감수(revision), 셋째, 언어전문가가 TT텍스트를 하나의 독립적 텍스트로서 완결성을 높이는 작업, 넷째, 분야별 전문가가 감수하면서 전문용어를 검토하는 최종사용자감수(end-user revision), 다섯째, 번역사 스스로가 자신의 번역물을 감수하는 자기감수(self-revision), 여섯째, 고참이 신참번역사의 번역물을 감수하는 상하감수(top-down revision), 일곱째, 하나의 텍스트를 여럿이 나누어 번역할 경우 전체의 일관성을 검토하는 코디네이션(coordination), 여덟째, 문서의 중요도에 따라 여러 급의 책임자가 단계적으로 혹은 여러 차례 감수하는 단계별 감수(gradual or multiple revision) 등이다. Didaoui (1998)에서 감수는 다양한 종류의 텍스트 검토 작업을 모두 포괄하는 상위 개념으로 인식되고 있는 것이다.

번역물 감수에 관한 논의를 정리한 비교적 최근의 연구로는 Mossop (2001)을 언급하지 않을 수 없다. 과거 Horguelin과 Brunette (1978/ 1998), Hosington과 Horguelin(1980)이 감수의 교육을 목적으로 기존의 감수에 대한 노하우를 정리하였다면, Mossop(2001)은 보다 실무적인 측면에 치중하였다는 차이가 있다. Mossop(2001) 역시 감수의 기준 (parameters), 범위(degree), 절차(procedures) 등 다양한 측면을 설명하고 특히 감수 개념을 기타 유사 개념과 함께 제시하여 소개한다는 큰 틀에서는 기존의 저자들과 크게 다르지 않아 보인다. 그런데 Mossop(2001)에서는 감수와 편집(editing)을 함께 설명하고 있으며, 감수를 비롯한 번역물 평가 개념들을 '정의'하는 것보다는 '기술'하는 것에 초점을 맞추고 있다는 점이 특징적이다. 때로는 저자가 각각의 개념들을 어떤 의미로 사용하고 있는지를 파악해 내는 것이 어렵다. 예를 들어 감수와 편집을 비교하여 설명하는 아래의 대목을 살펴보자.

······ revisers look for mistranslations, while editors engage in a wide variety of activities which revisers are not concerned with: finding writers, suggesting changes in the content of submitted manuscripts, designing page layouts. Indeed editors often edit translations which have already been revised for accuracy and language quality(p.ⅲ).

위의 설명에 따르면, 감수자의 임무가 번역문의 오류를 찾아내는 것인 반면, 편집자는 저자확보, 내용 수정 제안, 편집 등 감수자는 관여하지 않아도 될 다양한 업무를 수행하며, 따라서 편집은 감수가 일단 끝난 이후의 작업일 수밖에 없다. 위의 내용에서는 감수와 편집의 차이가 비교적 분명해 보인다. 그러나 뒤이어 저자는 감수자의 업무가 단순히 감수에만 국한되지는 않으며, 감수자가 품질평가를 비롯한 다양한 평가작업도 수행한다고 설명한다(p.92). 따라서 감수와는 별개의 행위로 정의되었던 다양한 품질검토 행위들은 초기의 연구에서와는 달리 감수의 범위에 포함되는 행위들로 간주된다. 즉 Horguelin과 Brunette(1978/1998)은 달리 저자는 품질관리, 검독 등의 개념을 굳이 감수와 다른 별개의 작업으로 구분할 필요를 느끼지 않는다.

In this book, the terms 'revision', 'quality control', 'checking', and 're-reading' are virtually synonymous(p.84).

그리고 다시 저자는 위에서 동의어로 제시한 개념들이 실제로는 상황에 따라 감수와 다른 의미를 가질 수 있음을 지적한다.

To check a translation is to revise or quality control it, unless the context indicates that 'check' specifically refers just to the process of finding the errors and does not include making corrections(p.84).

Mossop(2001)의 설명은 이처럼 때론 일관성이 없고 모호하게 느껴진다. 분명 Mossop(2001)에게 있어서 감수, 품질관리, 검독 등은 명확히 구분되는 개념은 아니며, 감수자는 때로 상황에 따라서 위의 다양한 행위들을 무리 없이 수행해내야 하는 다기능적 존재로 인식되고 있다. 이처럼 Mossop(2001)은 감수에 관하여 논하되, 감수의 정의는 우회하고, 주로 감수자가 수행해야 하는 다양한 실무적 작업들을 설명하고 소개하는 데 중점을 두고 있는 것이다.

2) 번역물 감수 개념에 관한 기존 연구의 한계

이상과 같이 번역물 감수 개념에 대한 기존 연구를 고찰한 결과, 번역물 감수 개념이 어떠한 방식으로 구체화되어 왔는지를 파악할 수 있게 되었다. 그러나 번역물 감수의 개념에 관한 기존의 논의를 검토하는 과정에서 일관적으로 드러나는 것은 번역물 감수의 개념이 여전히 모호하고 불투명한 상태라는 점이다.

우선 Nida(1964)의 경우, 성경번역의 경험을 토대로 번역이론을 제시하는 과정에서 조직적 절차의 일환으로 번역물 감수 및 유사 행위들을 언급하였다. 그러나 Nida(1964)는 감수 혹은 그와 유사한 행위를 지칭하기 위하여 명확하게 정의되지 않은 다양한 용어들을 사용하였다. 즉 번역텍스트를 감수하는 행위는 기타 다양한 조직적 절차상의 검토행위와 특별히 구분되는 것으로 보이지 않는다. 이러한 개념상의 혼란, 혹은 정의의 부재는 번역물 감수 개념에 대한 구체적 인식이 부재함을 시사한다. 게다가 Nida(1964)에게 있어서 감수는 다수의 번역사가 공동으로 번역을 수행하는 '성경번역'에서의 감수이다. 따라서 그의 감수에 대한 설명을 일반적 유형의 번역으로 일반화시키기 어렵다는 한계가 있다.

한편 Holmes(1972/2000)는 응용번역학의 하위 분야로 번역비평을 언급하였고 뒤이어 Toury(1995)는 Holmes의 분류를 도표로 정리하였으나 번역비평에 대한 구체적 설명이 추가되지는 않았으며 번역물 감수에 대한 언급은 없었다. Munday(2001)는 Holmes/Toury의 번역학 지도를 보다 구체화하면서 번역비평의 하위 분야로 마침내 번역물 감수를 언급한다. 그러나 번역학 지도상의 기타 개념들과는 달리, 번역물 감수는 여전히 정의되지 않은 채 남아 있다.

번역물 감수 개념이 보다 구체적으로 드러나는 것은 번역물 감수를 본격적 연구 주제로 다룬 Horguelin과 Brunette(1978/1998), Hosington과 Horguelin(1980), Mossop(2001) 등의 연구를 통해서이다. 우선 Horguelin과 Brunette(1978/1998)은 최초로 감수 개념을 기타 텍스트 검토 작업들과 비교, 구분하여 설명하였으며 이를 통해 감수의 개념이 훨씬 명확해져 있음을 알 수 있다. 감수는 출판용 텍스트의 '교정' 작업과 분명히 다르며, 문학, 예술적 성격의 저작물에만 해당되는 '비평'과도 다르다.[18] 또한 자동 번역된 텍스트를 검토하는 작업인 포스트에디팅과도 구분되며, 수치화된 형태로 검토결과를 제시하는 작업인 번역평가와도 다르고 기타 품질보증이나 품질검증과도 구분된다. 그런데 Horguelin과 Brunette(1978/1998)은 단일언어감수와 이중언어감수를 포괄적으로 접근하고 있다. 즉 감수는 번역텍스트가 아닌 일반적인 텍스트 검토행위를 모

---

18) Reiss(2000)는 번역비평이 그 뿌리를 문학번역비평에 두고 있음을 인정하면서도, 오늘날의 번역비평의 영역은 문학텍스트와 기타 실용적 텍스트를 모두 대상으로 하고 있는 것으로 정의한다. 따라서 '번역비평'의 정의 역시 저자에 따라 달라진다는 것을 감안해야 할 것이다.

두 포괄하며, 이중언어감수의 경우도 일반적 의미의 텍스트 검토행위와 크게 다르지 않은 것으로 인식되고 있기 때문에 이중언어감수, 즉 번역텍스트의 감수가 기타 동일한 언어의 텍스트를 감수하는 작업과 어떻게 달라야 하는가의 문제에 대해서는 구체적 언급이 없다. 이 점은 이후 Hosington과 Horguelin(1980)의 연구를 통하여 보완되는데, 이들은 비로소 번역물 감수로 연구의 영역을 좁히는 역할을 한다.

그러나 이들의 연구를 오늘날 우리의 상황에 적용되기에 무리가 있다. 우선 전적으로 캐나다의 상황을 전제로 하고 있으며, 또한 1980년대의 상황을 바탕으로 하고 있기 때문이다. 감수자의 역할, 감수자에게 기대되는 업무 등은 번역시장과 함께 변화하였기 때문이다. 그런 측면에서 볼 때, Mossop(2001)을 비롯한 보다 최근의 연구들은 오늘날의 번역시장의 상황을 보다 구체적으로 반영하고 있다는 점에서 의의가 있다. 그러나 Graham(1989), Didaoui(1998), Mossop(2001) 등에 의한 최근의 연구에서도 번역물 감수 개념은 여전히 모호하게 남아 있다. Graham(1989)의 논문에서는 검독과 편집이 비교적 자세하게 설명된 것에 비해 감수에 대한 설명은 '번역문이 최대한 도착어 독자의 요구에 부합하도록 하는 것'(1989, p.67)이라는 식의, 상당히 피상적이고 개괄적인 설명에 머무르고 있다. Graham(1989)에게 있어서 감수 개념은 전문용어를 통일하거나 철자법을 확인하는 극히 단순한 작업에서부터 번역문의 언어적 완성도를 최종적으로 확인하는 일까지 매우 다양하고 방대한 작업을 포함하는 것으로 인식되고 있음을 알 수 있다. 다시 말해 Graham(1989)의 감수 개념은 Brunette과 Horguelin(1978/1998)이나 Hosington과 Horguelin(1980)이 제시한 감수 개념보다 훨씬 확장되어 있다. 이러한 개념상의 확장은 Didaoui(1998)의 논문에서도 확인된다. Didaoui(1998)는 감수 개념을 더욱 확장하여 검독이나 편집도 감수의 여러 가지 유형 중의 하나로 보았다. 한편 Mossop(2001)의 감수 개념 역시 검독, 편집 등을 포함하는 여전히 모호하고 포괄적인 의미로 사용되고 있다. Mossop(2001)에게 있어서 감수자는 검독자, 품질평가자와 명확히 구분되지 않으며, 일관성 없는 모호한 설명이 혼란을 가중시킬 뿐이다.

이상과 같이 Graham(1983/1989), Didaoui(1998), Mossop(2001) 등 번역물 감수와 관련한 최근의 논의 속에서 공통적으로 발견되는 것은 한마디로 감수 개념의 '확장' 현상이다. 감수에 대한 초기 연구에서 시도되었던 명확한 경계선 긋기는 최근의 연구에서 그 의미가 사라지고, 감수는 검독, 편집 등 다양한 개념들을 포괄하는 것으로 이해된다. 이러한 시각의 변화를 어떻게 해석해야 하는가?

여기서 우리는 다시 한번 위의 저자들이 감수를 철저히 실무적 차원에서 접근하고 있음을 기억해야 할 것이다. 실무적 상황에서는 엄밀한 의미의 감수 작업이 기타 검독, 편집 등의 행위들과 명확하게 구분되지 않는 상황인 것이다. 다시 말해 과거의 감수자가 수행하던 작업에 비해 오늘날의 감수자가 수행해야 하는 작업이 훨씬 복잡다단해졌음을 반영하는 것으로 볼 수 있다. 이것은 비단 감수자뿐 아니라 번역사에게도 그대로 적용되는 상황이다. 이제 번역사는 단순히 번역작업만 요구받는 것이 아니라, 다양한 작업을 동시에 수행해야만 하는 상황에 처해 있다. 따라서 다양한 작업들을 세분화하고 구분하는 것은 학술적 차원에서 의미를 가질 뿐이며, 실제에 있어서는 작업 간의 구분이 크게 의미 없을 수도 있다는 점을 예측할 수 있다. 이 점은 추후 제3장 감수의 실제에서 추가 연구를 통하여 확인할 사항이다.

한마디로 번역물 감수 개념상의 혼란은 여전히 해결되지 않은 채 남아 있는 것이다.[19] 그러나 학문적 차원에서의 진보는 언제나 개념의 정리를 출발점으로 하고 있으며, 따라서 실무적인 차원에서 문제가 없더라

---

19) 이러한 용어의 혼란 현상은 국내에서도 마찬가지여서 Scheer(2003)는 AB번역을 검토해 주는 원어민과의 협력 관계를 논하면서, reviser, reviewer 등의 용어를 혼용하고 있다.

도 학문적 차원에서는 '번역물 감수'에 대한 개념적 합의가 절대적으로 필요하다는 점을 인식해야 할 것이다. 번역물 감수가 기타 번역평가행위와 어떤 측면에서 구분되며, 번역물 감수를 규정짓는 가장 핵심적인 특질이 무엇인지를 명확하게 부각시키는 작업이 없이는, 번역물 감수에 대한 연구의 범위 설정 자체가 불가능해지며 연구의 진전을 기대하기 어렵기 때문이다. 따라서 다음 장에서는 번역물 감수의 정의를 제안함으로써, 향후 연구의 출발점으로 삼고자 한다.

3) 번역물 감수 개념의 정의 제안

번역물 감수 및 기타 평가행위들의 개념적 정의 문제를 인식한 학자가 없었던 것은 아니다. 번역물 감수와 관련한 용어상의 혼동 문제에 주목한 Brunette(2000)은 번역물 평가와 관련한 다양한 개념들을 분류하기 위한 일곱 가지의 기준을 제시한다. 첫째, 완결된 TT를 대상으로 하는지 생산 중인 텍스트를 대상으로 하는지의 문제(Status of TT), 둘째, 평가대상이 텍스트의 전체인지 일부인지의 문제(Portion assessed), 셋째, 수치화된 평가결과를 제시하는지 여부의 문제(Grid and grade), 넷째, 평가된 텍스트의 최종수용자가 누구인가의 문제(Recipient), 다섯째, 평가된 내용에 관한 설명을 제공하는지의 문제(explanations), 여섯째, 평가행위의 목적(aims), 일곱째, ST와 TT를 비교하는지의 문제(Comparison of ST and TT) 등이 그것이다. Brunette(2000)은 이상의 일곱 가지 기준에 따라, 실무적 감수, 품질평가, 품질관리, 품질보증, 교육적 감수 등 다섯 가지의 번역품질평가행위를 아래와 같은 도표로 정리하였다.

표 2-1. Brunette의 번역품질평가행위 정리(Brunette, 2000, p.172)

평가행위	실무적 감수	품질평가	품질관리	품질보증	교육적 감수
대상텍스트	완료 전	완료 후	완료 후	완료 후	완료 전
평가대상	전체	일부/전체	일부	전체	전체
기준/점수	없음	있음	없음	없음	없음
대 상	고객	경영팀	경영팀/번역사	번역사	번역사
설 명	없음	없음	요청에 따라	요청에 따라	있음
목 적	질적	행정적/의사결정	행정적/전략적	질적	질적/교육적
ST/TT대조	있음	있음	있음/없음	없음	있음

우리는 위의 정리에서 번역물 감수를 기타 평가행위들과 구분하는 중요한 단서를 얻을 수 있다. 위의 표에서 실무적 감수와 교육적 감수로 나누어 제시된 번역물 감수 개념을 다른 개념들과 구분 짓는 중요한 특징은 세 가지로 정리할 수 있다. 첫째, 품질평가나 품질관리, 품질보증이 번역이 완료된 후 사후에 이루어지는 평가행위인 것과는 반대로, 번역물 감수는 **고객에게 번역물이 인도되기 이전**에 개입하는 행위이며, 둘째, 번역물 감수는 **번역문의 일부가 아닌 전체를 검토하는 행위**이며, 셋째, 번역물 감수는 **원문과 번역문의 대조를 한다는 점**이다. 우리는 이상의 세 가지 특질을 번역물 감수를 품질관리, 평가, 품질보증 등과 구분 짓는 요소들로 규정하고자 한다. 그리고 이를 바탕으로 기타 번역품질평가행위들을 아래와 같이 정의하고자 한다.

> **번역물 감수(Revision, translation revision, bilingual revision)**: 번역물을 고객에게 인도하기 전에 번역텍스트의 품질을 향상시키기 위하여 번역문 전체를 원문과 대조하면서 검토, 수정하는 행위.
>
> **평가(Evaluation)**: 번역이 완료된 이후, 번역문의 일부 혹은 전체를 원문과 대조해 가면서 일정 기준에 따라 검토한 후, 검토의 결과를 점수로 표시하는 것. 주로 번역사 채용, 능력평가 등

조직 차원의 결정을 위한 자료로 사용됨.

품질보증(Quality assurance): 번역물이 완성된 후, 해당 번역물이 독립적 텍스트로서 고객의 요구에 부합하는지 여부를 판단하기 위하여 원문과 대조 없이 번역문만을 전체적으로 읽으면서 검토하는 행위.

품질관리(Quality control): 고객에게 인도될 예정이거나 이미 인도된 번역물의 일부를 샘플로 취하여 번역문 위주로, 혹은 필요한 경우 원문과 번역문을 대조해 가면서 번역물이 일정 기준을 충족시키는지 여부를 검토하는 행위. 품질관리의 결과는 조직 차원의 인사 결정을 위한 자료가 되거나, 혹은 번역물 생산 소요시간이나 비용을 절감하기 위한 전략적 결정을 내리기 위한 자료로 사용된다.

검독(Checking): 오탈자나 고유명사의 잘못된 사용 등 비교적 단순한 오류들을 수정하는 작업. 번역텍스트를 대상으로 할 경우, 주로 숫자나 고유명사들을 확인하기 위해서 부분적으로만 원문과 대조함.

교정이나 편집은 번역사가 감수를 수행하면서 추가적으로 수행할 수도 있으나, 반드시 번역사가 수행해야 하는 작업이 아니며, 번역텍스트만을 대상으로 하는 행위가 아니기 때문에 여기서는 정리하지 않고 부록 1에서 별도로 정의하였다. 중요한 것은 번역물 감수와 평가, 품질관리, 품질보증 등 번역텍스트를 대상으로 이루어지는 번역품질평가행위들을 개념적으로 명확히 정리하는 것이다. 이제 번역물 감수를 기타 개념들과 구분하는 요소들이 명백히 드러났다. 번역물 감수는 '1) 번역물을 고객에게 인도하기 전에 번역텍스트의 품질을 개선하기 위하여, 2) 번역문 전체를, 3) 원문과 대조하면서 검토, 수정하는 행위'로 최종적으로 정의되며 이 세 가지 조건을 충족시키지 않는 기타 번역품질평가행위는 번역물 감수가 아닌 다른 명칭으로 불러야 할 것이다.

2. 번역물 감수의 기준

모든 평가행위가 그렇듯이 번역물 감수의 경우에도 감수자의 주관적 판단을 배제하는 것이 가장 어려운 문제일 것이다. 감수자가 수행한 번역물 감수가 자의적 판단에 의거한 것이 아닌 객관적 판단의 결과임을 어떻게 담보할 수 있는가? 감수행위라는 것이 실무적으로 필수 불가결한 것이라면, 결국 주관성을 최소화할 수 있는 장치, 즉 감수의 기준을 마련하는 것이 합리적인 해결책일 것이다. 감수의 '기준(parameters)'이 란 "감수자가 무엇을 검토하고 수정할 것인가라는 질문에 대한 해답"으로 정의된다(Horguelin & Brunette, 1978/1998, p.39).

감수의 기준은 타인의 번역물을 수정할 경우, 무엇을 근거로 어떻게 수정하였는지를 설명하기 위한 근거가 된다. 피감수자 입장에서는, 감수자가 단순히 자신의 개인적 선호도나 취향에 따라 감수하지 않는다는 것을 확신할 수 있어야 하며, 이를 위해서는 감수자가 객관적인 기준을 바탕으로 감수를 수행한다는 점을 믿을 수 있어야 한다. 더욱이 감수의 목적이 단순히 번역물의 질적 향상이 아닌 피감수자의 번역능력 제고에 있을 경우, 피감수자가 자신의 번역물이 어떠한 기준에 의하여 감수되는 지를 사전에 알고 있는 것이 교육적으로 더 효과적일 것이다. 피감수자는 번역을 수행하는 과정에서 이미 감수의 기준을 염두에 두고 작업할 것이며, 이는 번역물의 질적 향상에 기여할 것이기 때문이다.

본 장에서는 번역물 감수의 기준에 관한 기존 연구를 고찰하고 이를 종합하여 번역물 감수 기준을 제안하고자 한다. 그런데 번역물 감수에 대한 연구는 주로 번역물 품질평가라는 대범주 속에서 다루어져 왔다(이향, 2003). 따라서 번역물 감수의 기준에 대한 논의 역시 크게는 번역품질의 평가기준에 대한 논의에 포함된다고 볼 수 있다. 그러나 번역품질에 대한 논의는 그 자체로서도 매우 방대하므로 이를 포괄하려다 보면, 자칫 번역물 감수라는 주제 자체의 본질에서 멀어질 위험이 있다. 본고에서는 연구의 범위를 번역물 감수의 기준을 직접적으로 언급한 저자들로 제한하고 번역품질기준에 대한 포괄적인 논의[20]는 연구의 대상에서 제외하고자 한다. 여기서는 번역물 감수의 기준을 최초로 언급한 Darbelnet(1977), 그리고 이를 발전적으로 계승한 Horguelin과 Brunette(1978/1998), 뒤이어 새로운 시각의 감수 기준을 제시한 Mossop(2001) 등의 감수 기준을 중심으로 살펴보고자 한다. 그리고 이들이 제시한 번역물 감수 기준의 한계를 짚어 본 후, 이를 보완한 감수 기준을 제안하고자 한다.

1) 번역물 감수 기준에 대한 기존 연구 검토

번역물의 감수를 수행할 때 감수자가 어떠한 기준을 적용해야 하는가에 대해 최초로 언급한 학자는 Darbelnet(1977)이다. 저자는 번역사의 임무란 번역텍스트가 갖추어야 할 모든 층위[21]를 충족시키는 것이며, 이것이 결국 감수자들이 번역텍스트를 검토할 때 염두에 두어야 할 일곱 가지 기준이 된다고 설명한다. Darbelnet(1977)는 번역물 감수의 7대 기

---

20) 일례로 번역품질평가에 있어서 중요한 획을 그은 House(1977/1982)는 구체적 번역물 감수 기준 혹은 품질평가의 기준을 제시했다기보다는 Halliday의 분석틀을 통하여 ST 텍스트의 기능을 분석해 내고, 이것이 TT에서 제대로 구현되었는지 여부를 통하여 번역물의 품질을 평가할 수 있다고 주장하였다. 즉 텍스트의 기능에 따라, 번역문이 도착어 문화권에서 번역문이 아닌 원문처럼 간주되는 covert한 번역과, 번역문이 출발어 문화권텍스트를 번역한 번역문임을 스스로 공공연히 드러내는 overt한 번역 중 하나를 선택하여 번역한다는 것이다. 그러나 본 연구에서는 주로 실무적 텍스트, 즉 covert하게 번역해야 하는 텍스트를 대상으로 하므로, 이러한 텍스트 유형에 따른 전략구분은 평가기준으로서 큰 의미를 가지지 못한다.

21) 저자는 불어로 'niveau'라는 용어를 사용하였으며, 이는 영어의 'level'에 해당한다.

준을 다음과 같이 질문 형식으로 제시한다(p.16).

1. 의미는 포괄적이고 유기적인 차원에서 정확하게 전달되었는가?
2. 도착어는 관용적 표현에 따르고 있으며 적절한 용어들을 사용하였
   는가?
3. 전체적 어조가 존중되었는가?
4. 문화적 차이를 감안하였는가?
5. 문학적 민속적 인유들이 제대로 다루어졌는가?
6. 담화를 통해 외연화되지 않은 저자의 의도까지 감안하였는가?
7. 대상독자를 감안하였는가?

저자는 위의 7대 요소가 존중되었는지를 점검하는 것이 바로 감수자
의 임무라고 설명하면서, 이러한 기준의 필요성을 아래와 같이 역설한다.

    Grâce à ces paramètres le réviseur deverait être en mesure de
se poser, sur le texte qu'il doit juger, un certain nombre de
questions précises et qui aient chacune leur domaine propre(p.16).

이와 같은 기준이 마련됨으로써, 감수자는 자신이 평가해야 하는 텍스
트에 대하여 구체적이고 명확한 질문들을 던질 수 있게 된다.

    Darbelnet(1977)는 질문 1의 경우, '포괄적 정확성'과 '유기적 정확성'
이라는 두 개의 기준을, 질문 2의 경우 '관용적 표현'과 '적절한 용어의
사용'이라는 두 개의 기준을 담고 있으므로 실제 기준의 수는 7개가 아
닌 9개라고 설명한다(p.16).

    한편, Horguelin과 Brunette(1998)은 Darbelnet(1977)의 감수 기준을
연구의 출발점으로 표방하고 있으나, Darbelnet(1977)의 기준과는 사뭇
다른 감수 기준을 제시하였다. Horguelin과 Brunette(1978/1998)이 제시

한 번역물 감수 기준은 충실성, 정확성, 가독성, 기능적 적합성, 수익성 등 다섯 가지이다.[22) 각각의 내용을 개략적으로 살펴보면, 우선 첫 번째 감수 기준인 '충실성'은 원문의 의미를 왜곡이나 누락 없이 정확히 전달하는 것을 의미하는 것이다. 이어 두 번째 기준인 '정확성'은 도착어의 언어규범을 준수하였는지 여부를 평가하는 것으로 예를 들어, 성수 일치, 철자법, 관행이나 규칙의 존중 등이 여기에 포함된다. 세 번째로 제시된 '가독성' 기준은 관용적 표현의 사용, 이해의 용이성, 문체적 특징, 논리성, 명확성, 간결성 등을 평가하는 기준이다.

Darbelnet(1977)가 제시한 일곱 가지 감수 기준이 Horguelin과 Brunette(1978/1998)에 이르러 상당 부분 수정 보완되었음을 확인할 수 있다. 감수 기준의 변화를 정리하자면 다음과 같다.

첫 번째로, 감수 기준이 훨씬 간결해졌음을 알 수 있다. 실용적 측면을 고려하여 기준의 숫자가 줄었으며, 각 기준의 내용 또한 보다 명확하게 정의되어 있다. 저자들은 이러한 변화의 이유를 다음과 같이 설명한다.

> "우리가 여기서 제시하는 기준들은 지나치게 복잡하지 않으면서도 충분히 현실을 반영하고 있다고 생각된다. (위의 감수 기준들은) 우선 (번역문에서) 메시지의 내용이 이해 가능한 언어로 전달되어 효율적인 커뮤니케이션이 가능한지를 점검할 수 있도록 해주며, 두 번째로는 사용이 간편하고 기억하기 쉽다(p.36).

위의 글에 따르면 Horguelin과 Brunette(1978/1998)은 감수의 기준이 갖추어야 할 조건을 대략 두 가지로 요약하고 있다. 첫 번째는 '원문의

---

22) 충실성은 불어의 exactitude를, 정확성은 불어의 correction 을 번역한 것이다. 불어의 exactitude,와 correction은 모두 '정확성'의 의미이나, 전자는 내용상의 충실성을, 후자는 형식적인 정확성을 의미하므로 각각 '충실성'과 '정확성'으로 번역하였다.

메시지가 효율적으로 전달되었는가'를 정확히 평가할 수 있어야 하며, 두 번째는 '실제 적용이 편리'해야 한다는 것이다. 바꾸어 말하면, 총 9개에 달하는 Darbelnet(1977)의 기준을 간편화시킬 필요성을 느꼈다는 것이다. 이는 실무자로서, 감수의 실제 수행 측면을 중시한 저자의 관점을 반영하는 것이라고 볼 수 있다.

두 번째로 Darbelnet(1977)의 기준 중 특정한 성격을 가진 텍스트에만 적용되는 기준들은 보다 유연한 개념으로 대체되었다. '기능적 적합성'이라는 개념은 Darbelnet(1977)의 기준 중 세 번째(어조가 존중되었는가?)와 네 번째(문화적 차이가 반영되었는가?), 다섯 번째(문학적 민속적 암시가 반영되었는가?), 일곱 번째(대상독자를 감안하였는가?)를 모두 포괄하는 새로운 기준이다. Darbelnet(1977)가 7개의 기준 중 절반 이상(4개)을 할애하여 장황하게 설명한 기준을 효율적으로 통합하면서도, 특정유형의 텍스트에 국한되지 않는 유연한 방식으로 해설될 수 있는 개념이다.

세 번째로 Darbelnet(1977)의 기준 중 '저자가 함축적으로 표현한 바를 외연화시켜야 한다'는 기준은 삭제되었으며, 대신 수익성 개념이 포함되었다. 감수 작업이라는 것이 기본적으로 비용과 시간을 요하는 작업이라는 점, 따라서 다른 모든 경제활동과 마찬가지로 수익성이라는 현실적 문제를 고려하지 않을 수 없다는 점을 인식하고 이를 감수의 중요한 기준으로 파악한 것이다. 감수에서의 수익성이란 해당 텍스트를 감수하는 데 소요되는 시간과 비용이 과연 합리적인 수준인지를 평가해야 한다는 것이다. 여기서 저자는 감수와 재번역 사이에서 어떤 것을 선택하는 것이 경제적인지를 냉정하게 판단할 필요성을 역설한다.

감수자들은 감수가 불가능할 정도로 형편없는 번역물의 감수는 거절할 의무가 있다. 그렇지 않을 경우, 1) 감수 작업은 수익성이 떨어

지고, 2) 감수된 번역물의 품질 또한 만족스럽지 않으며, 3) 감수자
의 신뢰도에도 영향을 미치게 되기 때문이다(p.37).

네 번째로 단어나 문장 차원의 고찰에 머물렀던 Darbelnet(1977)의 기
준은 텍스트 차원의 입체적인 고찰로 시야가 넓어졌다. 물론 Darbelnet
(1977)의 기준에서도 도착어 문화 및 언어에 대한 고려가 있으나 그가
각각의 기준을 설명하기 위하여 제시하는 사례들은 주로, 단어 차원의 대
응관계에 대한 고찰에 머무르고 있을 뿐이다. 예를 들어, 불어의 sortie
de camions(트럭 나가는 곳)는 영어로는 trucks entering으로 번역해야
한다는 식의 예가 여기에 해당된다(Darbelnet, 1977, p.10). 반면
Horguelin과 Brunette(1978/1998)은 언어적 차원을 넘어서서, 가독성, 기
능적 적합성, 수익성 등 보다 거시적인 기준들을 도입하였다. 실제 감수
가 수행되는 상황, 즉 보다 포괄적 의미에서의 문화, 텍스트의 용도, 감수
작업의 수익성 등이 구체적으로 감수 기준에 반영된 것이다.23)

번역물 감수 기준에 대한 가장 최근의 연구로는 Mossop(2001)24)을
들 수 있다. Mossop(2001)에 이르러 번역물 감수 기준은 TT의 완결성
에 훨씬 비중을 두게 되었다. 저자는 총 12개의 번역물 감수 기준을 크
게 전달, 내용, 언어, 텍스트 형식 등 네 개의 그룹으로 나누어 아래와
같이 제시하였다(p.99).

---

23) Brunette(2000)에서는 여기에서 한 걸음 더 나아가, 번역품질평가 기준으로 논
   리(Logic), 목적(Purpose), 맥락(Context), 언어규범(Language norm) 등 네 가지를
   제시하고 있다. 이는 엄밀한 의미에서 감수 기준이 아닌 보다 포괄적인 평가
   기준으로 제시된 것이기에 별도로 다루지는 않겠으나, 감수 기준이 ST 중심
   에서 훨씬 더 벗어나 있으며, 텍스트 차원에서의 완결성에 더 초점을 맞추고
   있음을 알 수 있다.
24) 가장 최근의 것으로는 Didaoui(2004)가 제시한 감수 기준이 있으나, Mossop
   (2001)의 기준을 그대로 인용하였으므로, 별도로 정리하지 않는다.

Group A - 의미 전달의 문제(전달)

1. 번역이 원문의 메시지를 충실하게 반영하는가?(정확성)
2. 원문의 내용 중 누락된 것은 없는가?(완결성)

Group B - 내용의 문제(내용)

3. 아이디어의 연결이 자연스러운가? 넌센스나 모순은 없는가?(논리성)
4. 사실, 개념, 수치의 오류는 없는가?(사실)

Group C - 언어 및 문체의 문제(언어)

5. (텍스트의 흐름이 자연스러운가? 문장 간의 연결관계가 명확한가? 각 문단 간의 관계가 명확한가? 어색하거나 이해하기 어려운 문장은 없는가?(흐름)
6. 번역물의 사용자 혹은 용도에 적합한 언어를 사용하였는가?(텍스트의 용도 감안)
7. 문체가 해당 장르에 적절한가? 정확한 용어를 사용하였는가? 동일한 주제를 다루는 도착어 텍스트에서 일반적으로 사용되는 문장들을 사용하였는가?(전문적 언어)
8. 단어의 조합이 관용적인가? 도착어의 수사학적 특성을 살렸는가?(관용어)
9. 문법, 철자, 구두법, 집필양식 등이 지켜졌는가?(집필양식)

Group D - 텍스트의 시각적 형식의 문제(텍스트 형식)

10. 페이지구성, 들여쓰기, 여백의 문제는 없는가?(레이아웃)
11. 볼딩, 강조, 폰트유형, 폰트 크기 등 텍스트 편집상의 문제는 없는가?(타이포그래피)
12. 문서 전체의 구성방식(페이지번호, 헤드, 각주, 목차 등)의 문제는 없는가?(텍스트구성)

이상에서 알 수 있듯이, Mossop(2001)은 감수 기준을 최대한 자세하게 설명하고 나열하는 방식을 택하였다. 우선 눈에 띄는 것은 Horguelin 과 Brunette(1978/1998)에게서는 사라졌던 질문식 기준이 다시 사용되었다는 점이다.

그룹 A의 '전달' 기준에 속하는 '정확성'과 '완결성'은 Darbelnet(1977)이나 Horguelin과 Brunette(1978/1998)의 감수 기준에서도 이미 제시된 것으로 특별한 차이는 없어 보인다. 그리고 그룹 B의 '내용'은 ST에의 충실성을 평가하는 기준(사실)뿐 아니라, 독립적인 텍스트로서의 TT를 평가하는 기준(논리성)을 포함하고 있다. 앞서 Horguelin과 Brunette(1978/1998)이 제시한 5대 기준 중 '가독성'의 하위 기준으로 제시된 논리성과 상통하는 기준이라고 볼 수 있다.

그런데 Mossop(2001)이 제시한 감수 기준에서 가장 특징적인 것은 전체 12개 기준 중 8개를 차지하고 있는 언어 및 텍스트 형식과 관련된 기준들이 매우 큰 비중을 차지하고 있다는 점이다. 그룹 C와 그룹 D에서 제시된 흐름, 텍스트 용도, 전문적 언어, 관용어, 집필양식, 레이아웃, 타이포크래피, 텍스트 구성 등의 기준들은 원문과의 대조 없이 전적으로 TT텍스트의 완결성을 검토하는 기준들이다. 결론적으로 Mossop(2001)의 12개의 감수 기준 중 ST와의 관계가 명확히 제시되어 있는 것은 정확성, 완결성, 사실 등 세 개뿐이며 기타의 기준들은 TT텍스트만을 대상으로 하고 있는 것이다.

2) 번역물 감수 기준에 대한 기존 연구의 한계

이상과 같이 번역물 감수 기준에 대한 주요 논의들을 개괄적으로 살펴보았다. 앞서 확인한 바와 같이 저자별로 다양한 감수 기준이 제시되었으며, 각각의 저자별로 무엇에 중심을 두는가에 따라 감수 기준들이 달라졌음을 확인할 수 있다. 그런데 앞서 살펴본 번역물 감수의 기준들은 몇 가지 측면에서 한계가 드러난다.

우선 Darbelnet(1977)는 최초로 번역물 감수의 기준을 제시하여 이후 번역물 감수 기준 연구의 지표 역할을 했다는 점에서 큰 의의가 있음을 부정할 수 없다. 그럼에도 불구하고 우리는 저자가 제시한 번역물 감수의 7대 기준에서 다음과 같은 한계를 발견하게 된다.

첫째, 저자 스스로 인정하듯 그가 제시한 기준들은 모든 종류의 텍스트에 일반적으로 적용하기 위한 것이라기보다는, 문화적, 문학적인 성격을 가진 특정 텍스트에 적용되는 기준들을 포함하고 있다는 점이다. 그의 7대 기준 중 문화적 차이를 감안하였는지 여부를 평가하는 네 번째 기준과 문학적, 민속적 인유를 효율적으로 전달하였는지 여부를 평가하는 다섯 번째 기준은 특정 유형의 텍스트에만 적용 가능한 기준으로 보인다. 저자 스스로도 자신의 기준들이 '문학번역'과 '일반번역'에만 완벽하게 적용될 수 있으며, 전문번역(technical translation)의 경우에는 '단지 의미와 용어의 적절성 기준만이 사용될 수 있을 것이다'라고 설명한다(p.17). 앞서 연구의 범위와 관련하여 언급한 대로, 본 연구가 문학텍스트에 대한 비평의 영역을 제외하고 실용적 텍스트로 연구의 범위를 제안하고 있음을 감안할 때, Darbelnet(1977)가 제시한 기준을 그대로 적용하기에는 한계가 있다.

두 번째는 저자의 논의가 번역물의 품질에 대한 초기 논의에서 볼 수 있는 특징, 즉 맥락을 배제한 처방적(prescriptif) 논의 차원에 머물러 있다는 점이다. 이러한 시각은 그의 감수 기준에도 그대로 반영되어, 두 번째 기준인 '관용적이며 적절한 표현의 사용 여부'와 세 번째 기준인 '문화적 차이의 감안 여부', 그리고 다섯 번째 기준인 '문학적 민속적 인유의 처리' 문제 등은 특정 단어나 개념을 제대로 번역문에 구현하였는지 여부를 묻는, 문장단위 이하에서 적용되는 기준들이다.

세 번째 문제점은 Darbelnet(1977)의 여섯 번째 기준에 관한 것이다. Darbelnet는 담화 속에 외연화되지 않은 저자의 의도를 번역사가 구체화시켜 표현해야 한다고 설명하였다. 저자가 함축적으로 표현한 것을 번역사가 외연화시킬 권리가 있는가의 문제는 분명 논란의 소지가 있어 보인다. 역시 텍스트의 유형이나 기능 등에 따라 달라지겠으나, 일반적 원칙으로 적용되기에는 무리가 있는 것으로 보인다.

Darbelnet(1977)의 연구는 최초로 감수자의 입장에서 번역물을 검토할 때 기준으로 삼아야 할 것이 무엇인지를 제시하였다는 점, 그리고 훗날 실무번역 혹은 전문번역의 감수 기준을 최초로 제시한 Horguelin과 Brunette(1978/1998)이 바로 Darbelnet의 기준을 출발점으로 삼았다는 점에서 의미를 가진다. 그러나 번역작업(혹은 감수 작업)을 담화 차원에서 바라보지 않고 단어나 어휘 차원에서만 설명하였으며, 문학번역에 편중된 기준을 제시하였다는 점에서 한계가 드러난다.

뒤이어 Horguelin과 Brunette(1978/1998)이 제시한 감수 기준은 '기능적 적합성'이라는 효율적인 개념을 도입함으로써, Darbelnet(1977)가 제시한 기준을 단순화시켰다는 점에서 의미를 가진다. 또한 번역물 감수를 수행하는 과정에서 제기될 수 있는 수익성의 문제를 감수의 기준에 포함시켰다. 그런데 감수의 수익성이 감수 기준으로 도입됨으로써, 이제까지 논의되지 않았던 새로운 문제들이 제기된다. 첫째 특정 텍스트가 감수 가능한 것인지의 여부를 평가하는 기준은 무엇인가? 다시 말해 감수 작업의 수익성 여부는 어떻게 평가해야 하는가? 이는 별도의 연구를 통해 확인해야 할 또 하나의 중요한 문제이다.[25]

둘째, 이들은 '수익성' 기준을 충실성, 정확성, 가독성, 기능적 적합성 등 기타 기준들과 동일선상에 놓고 있다. 과연 '수익성'이라는 기준이 모

---

25) 캐나다의 번역물 품질관리시스템인 SICAL에서는 원문텍스트 400단어 기준으로 '심각한 오류'가 1개 이상, 사소한 오류가 18개 이상일 경우 '감수불가능'한 것으로 평가한다(참고, Didaoui, 1998).

든 종류의 감수 작업에 일괄적으로 적용 가능한 기준이며 기타 기준들과 동일한 중요도를 가지는 것인가 여부를 생각해 볼 필요가 있다. 예를 들어 교육적 목적의 감수의 경우에는, 의도적으로 품질이 낮은 번역문을 선택하여 감수 연습에 사용할 수도 있으며, 이 경우 해당 번역물의 감수행위가 수익성이 있느냐 여부는 고려사항에서 제외될 것이기 때문이다.

뒤이어 Mossop(2001)이 제시한 번역물 감수 기준은 이전의 기준들에 비해 훨씬 상세하고 구체적이라는 장점에도 불구하고 다음과 같은 세 가지의 한계를 드러낸다.

첫째, 제시된 기준의 대부분이 도착어의 완결성을 향상시키기 위한 기준이라는 점이다. Mossop(2001)이 제시한 감수 기준은 번역텍스트의 감수 기준이라기보다는 몇 가지 기준을 제외하고는 일반적 텍스트의 완결성을 평가하는 기준으로 오해받을 만큼, TT텍스트의 완결성에 치중하였다. 물론 이는 번역문(TT)의 완결성에 큰 비중을 두는 오늘날의 시각을 반영하는 것이라고도 볼 수 있겠다. 그러나 앞서 제2장에서 정리한 바와 같이 본 연구에서는 번역물 감수의 가장 중요한 특질 중 하나를 원문과 번역문의 대조 행위로 규정하였다. 따라서 번역텍스트의 감수의 본질에 보다 초점을 맞춘 기준들이 필요하다는 점을 부정할 수 없다.

둘째, Mossop(2001)이 제시한 감수 기준들 중 레이아웃, 타이포그래피, 텍스트구성, 집필양식 등의 기준들이 모두 별도의 항목으로 나열할 만큼 중요한 요소인가의 문제이다. 또한 이러한 기준들이 모든 종류의 텍스트에 적용되는 '보편적' 기준이라고 보기 어렵다. 모든 번역물이 인쇄 출판되는 것은 아니며, 어떤 경우에도 폰트나 각주, 목차 등을 점검하는 것이 감수 업무의 핵심이 될 수는 없기 때문이다.

셋째, Mossop(2001)은 감수의 기준을 네 그룹으로 나누어 제시하였으나, 하위 기준들이 많고, 또 하위 기준의 구성 요소들이 많아서 결국은 기준의 숫자가 지나치게 많아진 것이 결점이다. 감수자가 검토해야

할 세부 항목의 총수가 32가지나 된다는 점은 감수의 효율성을 크게 저
하시킬 우려가 있다.

3) 번역물 감수 기준의 제안

이상과 같이 Darbelnet(1977), Horguelin과 Brunette(1978/1998),
Mossop (2001) 등 세 명의 학자가 제시한 감수의 기준들을 살펴보고, 각
각의 기준들이 어떻게 변화되어 왔는지를 살펴보았다. 또한 이들이 제시
한 감수 기준의 의의와 한계도 살펴보았다. 감수의 기준은 서로 일치하는
부분도 있으나, 무엇을 강조하느냐에 따라서 새로이 추가되거나 변형된
요소들도 있었다. 초기의 감수 기준에서는 원문에의 의미적, 형식적 충실
성, 원문의 의미를 도착어로 얼마나 효율적으로 살려내느냐의 문제가 큰
비중을 차지하였으며, 번역물 감수를 단어 혹은 문장 차원의 작업으로 인
식하였다. 그러나 번역에 대한 접근방식이 언어적 차원에서 벗어나 보다
기능적이고 포괄적인 방식으로 변화해 가면서, 점차 언어외적 상황, 예를
들어 수익성이라든가 편집 등의 요소가 중요한 기준으로 추가되었다. 또
한 실제 감수 기준의 활용 측면을 염두에 두게 되면서, 복잡하고 자세한
기준보다는, 기준의 수를 줄여서 실제 적용의 편리성을 고려한 기준들이
제시되었다.

이상에서 검토한 번역물 감수 기준을 정리하자면 아래와 같다.

첫째, 각 저자들이 언급한 기준에 공통적으로 존재하는 기준은 의미를
정확히 전달하였는가의 문제, 도착어의 언어적 규범을 준수하였는가의 문
제, 텍스트의 기능 및 대상독자를 감안하였는가의 문제 등으로 요약된다.

둘째, Darbelnet(1977)를 제외한 Brunette과 Horguelin(1978/1998),
그리고 Mossop(2001)에서는 도착어의 가독성, 논리성 등 텍스트 차원에

서의 완결성을 평가하는 기준이 추가되었다.

셋째, 반면 각각의 저자들에게서 한 번씩만 등장하는 특징적인 기준들을 살펴보자면, Darbelnet(1977)에서는 문화적, 문학적, 민속적 암시들이 정확히 전달되었는가의 문제, 그리고 저자의 의도를 외연화하는 문제가 있었고, Horguelin과 Brunette(1978/1998)에서는 처음으로 '기능적 적합성' 측면과 '수익성'의 개념이 등장하였다. Mossop(2001)에서는 '텍스트 형식(presentation)'이 중요한 기준으로 추가되었다.

이상과 같이 기존의 번역물 감수 기준을 분석, 종합한 결과 우리는 본고에서 제안하게 될 감수의 기준이 다음과 같은 기준을 충족시켜야 한다는 결론에 이르게 되었다.

첫째, 번역물 감수 기준은 '보편적'이어야 한다. 여기서 보편적이라 함은 실무적 텍스트의 감수에 일반적으로 적용 가능한 기준이어야 하며, 특정한 상황이나 특수한 텍스트 유형만을 대상으로 하는 것이어서는 안 된다는 의미이다. 이는 실무적 필요성에 기인하는 것이기도 하다. 매 상황마다 다른 감수 기준을 적용하는 것은 감수 작업의 효율성 측면에서 볼 때 불가능하며, 본 연구의 목적은 특정 상황에서 수행되는 특수한 유형의 감수가 아닌 일반적 의미에서의 번역물 감수를 고찰하는 데 있기 때문이다.

둘째, 번역물 감수 기준 간의 중요도 문제이다. 본고에서 제시되는 번역물 감수 기준들은 개별적인 중요도 면에서 동일하거나, 최소한 비슷해야 한다. 번역물 감수 작업의 본질이 원문과 번역문을 대조, 검토하여 번역 품질의 향상을 꾀하는 데 있다면, 이러한 측면이 중요한 감수 기준으로 제시되어야 하며, 이 밖에 상황에 따라 부차적으로 추가되어야 할 감수자의 세부적 업무를 모두 나열할 필요는 없다는 것이다.

셋째, 번역물 감수 기준은 실용적이어야 한다. 감수 기준은 감수자에게 감수 작업의 기본적 방향을 제시하는 것을 목적으로 하므로, 감수자에 의해 쉽고 명확하게 이해되어야 하며, 적용하기 쉬워야 한다.

이상의 원칙을 토대로 우리는 아래와 같은 네 가지의 번역물 감수 기준을 제시하고자 한다.

번역물 감수의 첫 번째 기준은 **전달**(Transfer)이다. 이는 번역문을 원문텍스트와 대조하여 원문의 메시지가 왜곡되거나 누락되지 않고 정확히 전달되었는지의 여부를 확인하는 기준이다. 전달 기준은 번역물 감수의 네 가지 기준 중 가장 중요한 기준이며, 원문과의 대조 없이 이루어지는 품질관리나 품질보증 등과 감수를 구분 짓는 요소이기도 하다.

두 번째 감수 기준은 **언어규범**(Language norm)이다. 이는 번역텍스트가 도착어의 언어 규범을 존중하였는가 여부를 평가하는 것으로, 문법, 철자, 관용어 등을 준수했는지 여부를 주로 단어나 문장 차원에서 평가하는 것을 말한다.

세 번째 감수 기준은 **가독성**(Readability)이다. 이는 위의 언어규범과는 달리, 텍스트 차원에서의 논리적 전개와 표현력을 평가한다.

네 번째 감수 기준은 **기능적 적합성**(Functional adaptation)이다. 이는 번역텍스트의 용도, 독자 등을 감안하여 적절한 문체, 서식, 용어들을 사용함으로써 텍스트가 제대로 기능할 수 있도록 번역하였는지 여부를 평가하는 기준이다.

이상의 네 가지 기준을 바탕으로 상황에 따라, 수익성, 텍스트 형식(presentation), 혹은 문학적/민속적 암시 등의 기준들이 추가될 수 있을 것이다. 이를 구체적 상황 속에서 어떻게 적용하는 것이 좋은가의 문제는 추가적 고찰이 필요하겠다.

3. 소결 및 번역교육 차원에서의 함의

본 장에서는 번역물 감수의 정의와 기준을 중심으로 번역물 감수를 이론적 차원에서 고찰하였다.

제2.1장에서는 번역물 감수 개념이 어떤 과정을 거쳐 형성되어 왔으며, 현재 번역물 감수 개념의 문제점이 무엇인지를 짚어 보았다. 초기의 막연하고 모호한 감수 개념은 1970년대 초 캐나다의 감수자 수요 폭증과 함께 이론화가 시도되었으나, 오늘날까지도 여전히 번역물 감수에 대한 개념적 합의가 이루어지지 않은 상태임을 확인하였다. 본 연구에서는 이러한 용어상의 혼동 문제에 대한 대안으로 번역물 감수행위를 기타 평가행위들과 구분 짓는 핵심적인 요소들을 가려내고 이를 바탕으로 번역물 감수를 "번역물을 고객에게 납품하기 전에 번역물의 품질을 향상시키기 위하여 번역문 전체를 원문과 대조하면서 검토, 수정하는 행위"로 정의하고 이 밖에 번역물 감수와 혼동되는 기타 개념들을 정의하였다.

이어 제2.2장에서는 번역물 감수를 수행하는 데 필요한 감수의 기준에 관한 논의를 살펴보았다. 1970년대 후반 최초로 감수의 기준을 제시한 Darbelnet(1977)의 연구를 출발점으로 하여, Brunette과 Horguelin(1978/1998), Mossop(2001) 등 다양한 학자들이 제시한 감수 기준을 검토하고 이들의 한계를 짚어 보았다. 그리고 이를 바탕으로 하여 전달, 언어규범, 가독성, 기능적 적합성 등 네 개의 감수 기준을 도출하였다.

그렇다면 앞서 살펴본 이론적 고찰의 결과가 번역교육 차원에서 어떠한 함의를 가지는지에 대하여 생각해 보아야 할 것이다.

첫째, 우리는 앞서 번역물 감수에 대한 기존 연구의 상당 부분이 번역물 감수를 평가, 품질보증, 품질관리 등과 비교하고 구분하는 데에 할애되어 왔음을 확인하였다. 이는 번역물 감수의 교육 역시 기타 평가행위들을 완전히 배제한 채로 이루어질 수 없음을 시사한다. 다시 말해, 번역물 감수의 교육은 앞서 2.1장에서 제시된 기타 개념들에 대한 이해와 병행되어야 한다는 것이다. 이는 번역물 감수가 가지는 변별적 차이를 명확하게 이해하기 위해서 필요할 뿐 아니라, 실무적 차원에서도 필요한 일이다. 앞서 우리는 번역물 감수의 개념이 최근 확장되고 있으며, 이는 시장에서의 요구가 그만큼 다양해지고, 감수자가 수행해야 하는 작업이 그만큼 광범위해졌음을 시사하는 것으로 해석하였다. 본고에서는 학문적 연구의 필요성에 의거하여 번역물 감수의 개념을 기타 행위들과 구분하여 정의하였으나, 실무적 차원에서는 감수자가 번역물 감수 외의 기타 다양한 평가를 수행하여야 하는 것이 현실이라면, 이를 번역교육에도 반영하는 것이 합리적일 것이다.

둘째, 제2.2장에서 제시한 감수의 기준은 전적으로 실무적 목적의 감수에 사용되는 감수 기준이다. 기존의 번역물 감수 기준에 대한 연구는 실무적 감수의 기준과 교육적 감수의 기준을 구분하지 않는다. 그리고 번역물 감수의 유형에 따라 서로 다른 기준이 필요한지의 여부는 별도의 논의가 필요할 것이다. 본 연구에서 제시된 감수의 기준이 번역물 감수의 교육에서도 그대로 사용될 수 있는지의 여부는 실제 교육 모델을 사용해 보고 점검해 볼 사항이다.

셋째, 앞서 검토한 이론적 논의들은 주로 해외에서 진행되어 온 연구들을 토대로 하고 있다. 국내에서는 번역물 감수에 대한 연구가 전무한 현재 상황에서, 해외에서 진행되어 온 기존의 연구를 출발점으로 삼는 것은 당연하고 또 필요한 작업이겠으나, 이를 국내의 번역시장, 혹은 번역교육 현장에 그대로 원용 가능한 것으로 판단해서는 안 될 것이다. 특히 Horguelin과 Brunette(1978/1997), Horguelin(1988), Mossop(2001) 등이 자신들의 감수실무 경험 혹은 감수교육 경험을 토대로 이론화 작업을 수행했다는 점은 번역물 감수 연구가 번역 혹은 감수의 실제와 유리되지 않은 연구라는 점에서는 장점이라고도 할 수 있지만, 자신이 속한 번역시장의 실무적 여건을 중심으로 이론화를 시도하였다는 점에서 한계를 보이기도 한다. 따라서 앞서 살펴본 개념적 정의들은 한국의 번역시장 및 품질관리 상황을 검토한 후 수정 보완할 필요가 있다. 이것이 바로 제3장 번역물 감수의 실제 고찰에서 다루어질 주요 문제들이다.

번역물 감수의 실제 고찰

본 장은 국내 번역시장에서의 번역물 감수의 실제를 고찰하는 것을 목적으로 한다. 본 연구에서는 번역물 감수의 실제에 관한 자료를 세 가지 방법으로 수집, 분석하고자 한다. 제3.1장에서는 국내 번역시장에서 번역물을 생산하고 있는 번역업체들의 홈페이지를 분석하여 번역물 감수를 어떻게 인식하고 있는지를 살펴보고, 제3.2장에서는 전문번역사들을 대상으로 한 면접조사를 통하여 번역물 감수 관련 경험을 수집, 분석함으로써 번역물 감수인식을 고찰하고, 제3.3장에서는 전문번역사들에게 실제로 번역물의 감수를 의뢰해 보고 감수 수행과정을 관찰해 보고자 한다. 이어 제3.4장에서는 이상의 세 가지 고찰의 결과로부터 번역교육에의 함의를 도출하고자 한다.

1. 번역업체의 감수 개념

1) 연구설계

우선 연구대상이 될 번역업체를 선정하기 위하여 주요 인터넷 검색엔 진(google, naver, yahoo)상에 소개된 번역업체들의 홈페이지를 일차적 으로 검토한 결과, 모든 번역업체들이 번역물 품질관리 혹은 번역물 감 수 시스템을 표방하고 있는 것은 아니라는 점을 확인하였다. 따라서 우 리는 주로 번역물 감수 시스템이나 품질관리 시스템을 보유하고 있는, 혹은 이를 공식적으로 표방하는 업체[26]들로 연구의 대상을 한정하기로 하였다. 그래서 검색어에 '품질평가'와 '감수'를 추가하여 각 검색엔진에 서 중복적으로 검색되는 업체들을 일차적으로 선정하였다. 선정된 업체 중 특정 언어(예를 들어 일본어)의 번역서비스만을 제공하거나, 특정한 종류의 번역서비스(예를 들어 소프트웨어의 현지화 작업)만을 제공하는 업체는 해당 언어나 서비스의 특수성을 반영할 수 있다는 가정하에 연 구대상에서 제외하였다. 단, 대부분의 업체들이 영어번역에 주력하고 있 는 현실을 감안, 영어번역을 주 업무로 하는 업체들은 제외하지 않았다. 이러한 과정을 거쳐 최종적으로 19개의 번역업체를 선정하였다. 연구과 정에서 확인된 사실은 연구시점에 따라 검색 결과가 계속 변동한다는 점이었다. 새로운 업체들이 추가되기도 하고, 기존의 업체가 명칭을 바 꾸거나 사라지기도 하였다. 본 연구에서 선정된 19개 업체는 2005년 8

---

26) 번역업체들이 온라인 홈페이지에서 표방하고 있는 품질관리시스템이 실제로도 효율적으로 운용되고 있는지의 여부는 별도의 연구를 통해 확인할 사항이다. 본고에서는 번역업체들이 공식적으로 자사의 번역물 생산 시스템을 홍보하는 온라인 자료에서 번역물 감수를 설명하는 방식이 번역물 감수에 대한 이들의 인식을 반영하고 있는 것으로 전제한다.

월 12-20일의 기간을 기준으로 한 것이며, 따라서 특정 시점에서의 번역업체의 현황을 반영하는 자료임을 밝혀둔다. 최종적으로 선정된 19개의 번역업체는 가나다순으로 정렬한 후, 업체 1, 업체 2, 업체 3 등의 일련번호를 부여하였다. 선정된 업체의 목록은 부록 2를 참조한다.

선정된 19개 업체의 홈페이지를 1차적으로 검토한 결과, 번역물 감수에 대한 언급은 대체로 두 가지 차원에서 드러나고 있었다. 첫째, 번역업체들은 번역물 생산과정27)을 그림이나 도표 형식으로 소개하고 있었는데 그중 한 단계로서 번역물 감수가 언급되고 있었으며, 둘째 이를 번역물 감수 작업을 별도의 공간에서 추가적으로 자세히 설명하고 있었다. 따라서 본 연구에서는 19개 번역업체들이 번역물 생산과정에서 번역물 감수를 어떻게 언급하고 있으며, 또 번역물 감수를 어떻게 정의, 설명하고 있는지를 분석함으로써, 이를 통해 드러나는 번역물 감수에 대한 인식을 살펴보기로 한다.

2) 결과분석

(1) 번역물 생산과정에서의 번역물 감수의 위치

선정된 19개 업체들은 대부분 자사의 번역물 생산과정을 구성하는 한 단계로 번역물 감수를 언급하고 있었다. 개별 번역업체들의 번역물 생산과정은 부록 3에 제시되어 있다. 본고에서는 이들의 번역물 생산과정을 전체적으로 개괄하는 것에 만족하기로 하고, 번역물 감수에 대한 인식이 어떻게 드러나는지에 집중하여 살펴보도록 한다.

우선 번역물 생산과정은 적게는 5단계(업체 15)에서 많게는 16단계

---

27) 업체들의 홈페이지상에서는 '번역공정'이라는 용어가 빈번하게 사용되고 있었으나, 본 연구에서는 '번역물 생산과정'이라는 용어로 통일하고자 한다.

(업체 7)에 이르기까지 매우 다양하였으나 상세도에서 차이가 있을 뿐 전체적인 내용 면에서는 비슷하였다. 이는 번역단계를 가장 간단하게 소개한 업체 15와 가장 상세하게 소개한 업체 7의 번역물 생산과정을 비교해 보면 확인할 수 있다.

표 3-1. 업체 15와 업체 7의 번역물 생산과정 비교

업체 15	업체 7
1단계: 번역가 선정 및 번역팀 구성	1단계: 문의 및 견적
	2단계: 계약
	3단계: 원본파일 협의
	4단계: 작업팀 준비
2단계: 용어선정	5단계: 용어집 작성
	6단계: 프로젝트 회의
	7단계: 작업팀 사전작업
3단계: 번역작업	8단계: 1차 번역
4단계: 번역감수	9단계: 감수 및 2차 번역
	10단계: 편집
	11단계: 3차 번역, 감수 및 편집
	12단계: 고객사 감수
	13단계: 수정 및 마무리
	14단계: 고객사 최종감수
	15단계: 필름 (dtp) 출력
5단계: 납품	16단계: 납품

위의 표에서 알 수 있듯이, 번역물의 생산과정을 얼마나 상세하게 소개하는가의 차이일 뿐 전체적인 업무의 흐름은 대동소이하다. 위의 업체 7의 경우, 번역물의 견적을 내는 작업과 작업팀 준비, 3차에 걸친 수정작업, 고객의 감수 등을 상세하게 언급한 반면, 업체 15는 이를 '번역작업' 혹은 '번역감수'로 포괄하였다는 점이 다를 뿐이다. 기타 업체들의 번역물 생산과정 역시 사용된 용어나 상세도에서 다소 차이가 있을 뿐 내용

면에서는 크게 다르지 않다. 19개 업체의 번역물 생산과정을 검토하여
서로 공통되는 요소들을 중심으로 정리해 보면 아래와 같이 총 8단계로
정리할 수 있다.

표 3-2. 19개 번역업체의 번역물 생산과정 정리

	단 계	내 용
1	번역의뢰 및 수주단계	번역의뢰, 견적서 발송, 번역계약체결
2	번역 준비 단계	번역지침서 작성, 번역팀 구성 및 번역사 선정, 작업계획 논의, 용어집 마련
3	번 역	번역작업
4	감수 및 기타 품질관리	번역물 감수, 교정, 전문가 감수, 원어민 감수 등
5	편집 및 인쇄	편집, 전산작업, 제본
6	납 품	고객에게 인도
7	고객검수	고객이 번역물을 검토
8	사후처리	A/S, 수정보완

그런데 번역업체들의 번역물 생산과정을 관찰한 결과, 특이한 사항이
몇몇 업체에서 반복적으로 발견되었다. '현지인 감수', '용어집 마련',
'프로젝트팀 구성' 등과 같이 특수한 유형의 번역에만 필요한 절차가 번
역물 생산과정에 포함되어 있다는 점이다. 예를 들어 업체 1, 업체 5,
업체 14, 업체 19의 경우 AB번역[28])에만 필요한 '현지인 감수' 혹은
'원어민 감수'가 번역물 생산과정의 한 단계로 포함되어 있으며, 업체 2,
업체 4, 업체 7, 업체 10, 업체 12, 업체 15, 업체 18, 업체 19 등 무
려 8개 업체에서는 '용어정리' 혹은 '용어집 마련' 등 특수한 유형의 번
역에 해당되는 작업을 번역공정에 포함시키고 있다. 또한 모든 번역이

---

28) 한국어에서 외국어로의 번역을 지칭하기 위하여, L2번역, 역번역(inverse
translation) 등 다양한 용어가 사용되나, 본고에서는 AB번역으로 통일하고자
한다.

팀 단위로 이루어지는 것은 아님에도 불구하고, '프로젝트팀 구성'을 번역물 생산과정으로 언급한 업체도 총 10개나 된다(업체 5, 업체 7, 업체 10, 업체 11, 업체 12, 업체 13, 업체 14, 업체 15, 업체 16, 업체 17).

이를 통해 우리는 두 가지를 유추해 볼 수 있다.

첫째, 번역업체에서 수행하는 번역업무가 주로 원어민에 의한 검토나 전문용어의 정리를 필요로 하는 번역, 즉 전문적 성격의 AB번역이며, 특히 번역팀을 구성하여 수행하는 대규모 번역이 국내 번역시장의 주류를 이루는 것으로 추측해 볼 수 있다. 물론 이는 추후보다 연구대상을 확대하여 확인해 볼 사항이다.

둘째, 번역업체에서 소개하고 있는 번역물 생산과정은 번역물의 실제 생산과정을 소개하고 있다기보다는 다양한 유형의 번역작업에 수반되는 특수한 작업까지도 총망라한 것일 수 있다는 점이다. 이는 온라인상의 자료들이 홍보를 목적으로 하는 자료임을 감안할 때 개연성이 높은 추측이다. 그럴 경우, 번역물 생산과정에서 늘 언급되고 있는 '번역물 감수' 역시 모든 종류의 번역물을 대상으로 항시 수행되는 작업은 아닐 가능성이 높다.

어쨌든 위의 표 3-2에서 확인할 수 있듯이, 번역물 감수는 대체로 1차적으로 번역이 완료된 이후, 그리고 텍스트의 편집이나 교정 단계 이전에 수행되는 것으로 표시되어 있다. 그러나 보다 세부적 설명을 살펴보면, 번역물 감수 개념의 인식과 관련하여 상당한 혼란이 존재하고 있음을 확인할 수 있다.

(2) 번역물 감수 개념상의 혼란

본 장의 목적은 번역업체들이 번역물 감수를 어떻게 인식하고 있는지를 살펴보는 데 있다. 그런데 이는 생각처럼 단순한 일이 아니다. 왜냐하면 번역업체들은 '감수'라는 용어를 극도로 다양한 의미로 사용하고 있기 때문에 '감수'라는 용어 자체를 기준으로 할 수가 없다. 업체 7, 업체 10, 업체 14는 고객이 번역물을 검토하는 행위를 '감수'로 칭하기도 하고, 기타 많은 업체들이 번역물 감수를 검토, 편집, 검독, 교정 등 다양한 이름으로 부르고 있기 때문이다. 따라서 본고에서는 앞서 제2장에서 도출된 번역물 감수의 정의에 의거하여, 연구의 범위를 일차적으로 번역물이 완성된 이후, 그리고 해당 번역물이 고객에게 납품되기 이전 단계에서 수행되는 작업으로 제한하기로 한다. 다시 말해 위의 표 3-2에서 정리한 번역물 생산 과정을 기준으로 제4단계에 초점을 맞추고자 하며, 고객에게 인도된 후 고객에 의해 행해지는 검토 행위는 연구의 영역에서 제외한다.

이제 각 업체들이 번역물 감수를 어떻게 설명하고 있는지를 살펴보도록 하자. 업체 5를 예로 들어 보면, 번역물 감수 작업을 다음과 같은 3단계로 설명하고 있다.

1차 검수: 원본 내용 충실도를 점검합니다(번역의 생략/누락, 오역 여부 등).
맞춤법, 띄어쓰기, 외래어 표기법 등 점검합니다(오/탈자, 고유명사 표기의 정확성 여부 등).

2차 검수: 전문용어의 통일성 및 적절성 등을 검수합니다.
번역문의 성격에 맞는 문체로 통일하기 위해 수정/보완합니다(문장의 간결성, 적절성, 명료성).

원어민 감수: 외국어로 번역하는 경우, 해당 외국어 원어민의 감수로 미세한 뉘앙스를 보완합니다(외국어로 번역하는 경우에는 원어민 감수 포함을 원칙으로 하여 최상의 품질을 유지합니다).

여기서 우리가 관심을 두어야 할 것은 '1차 검수', '2차 검수', '원어민 감수' 등의 용어들이 어떤 의미로 사용되었는가의 문제이다. 위의 설명을 검토해 보면, 우선 '1차 검수'는 내용의 충실도를 점검하는 것으로 보아 원문을 아는 번역사가 원문과의 대조작업을 통하여 수행하는 번역물 감수, 혹은 이중언어감수로 추측되나 맞춤법이나 표기법을 점검하는 '검독'(부록 1의 정의 참조) 업무도 함께 수행한다. 뒤이어 '2차 검수' 단계에서는 원문과의 대조 없이 도착어 텍스트를 검토하는 작업으로 이해되나, 수행의 주체가 누구인지가 명시되어 있지 않으므로 수행자가 원문의 언어를 아는 사람인지 여부를 확인할 수 없다. '원어민 감수'는 AB번역에만 해당되는 작업으로 소개되어 있으나, 해당 원어민이 한국어와의 대조 검토 작업을 하는 것인지 혹은 번역텍스트만을 검토하는 것인지는 명시되어 있지 않다. 국내 번역시장의 관행을 감안할 때, 원문대조 없이 번역문을 검토하는 작업을 의미하는 것으로 추측할 수 있을 뿐이다. 문제는 여기서 사용된 검수, 또는 감수라는 용어가 전혀 '합의된' 개념이 아니며, 번역업체마다 전혀 다른 의미로 위의 용어들을 사용하고 있다는 점이다. 예들 들어 업체 4의 설명을 살펴보자.

> **교정 작업:** 적절한 용어의 사용 여부, 문맥상의 의미전달, 내용누락, 오자 여부 감별
> **감수 작업:** 고객의 요청이 있을 시 분야별 전문 원어민의 감수 작업

여기서는 전문용어 및 내용상의 누락을 확인하는 작업을 '교정작업'으로 칭하고, '분야별 전문 원어민의 검토 작업'을 '감수 작업'으로 칭하고 있다. 한편 업체 15의 경우에는 번역문과 원문을 대조하여 오역을 확인하는 작업을 '어학감수'로, 기술적 오류를 확인하는 작업은 '기술감수'로 설명하고 이외에도 국문교정, 외국현지 감수 등의 표현을 사용하고 있다.

총 19개 업체에서의 번역물 감수 관련 설명을 살펴본 결과, 이러한 용어상의 혼란을 여러 차례 확인할 수 있었다. 각 번역업체에서 감수, 교정, 검수 등 다양한 용어로 지칭한 작업들을 내용을 기준으로 분류해 보면 크게 네 가지로 대별할 수 있다. 첫째, 원문과 번역문을 대조해서 오역이나 누락을 수정하는 엄밀한 의미의 번역물 감수 작업, 둘째, 전문

지식이나 전문용어 등을 해당 분야의 전문가가 검토하는 작업, 셋째, 외국어를 도착어로 하는 번역의 경우 원어민이 검토하는 작업, 넷째, 원문과 대조하지 않고 도착어 텍스트를 검토하는 작업 등이다. 개별 업체에 따라 위의 네 가지 모두를 제시하는 경우도 있고, 이 중 몇 가지만을 설명하는 곳도 있다. 문제는 이들이 사용하는 감수, 검수, 교정 등의 용어가 매우 자의적으로 사용되고 있다는 데에 있다. 아래의 표는 19개 업체들이 위에서 설명한 네 가지의 검토방식을 어떠한 명칭으로 부르는지를 정리한 것이다.

표 3-3. 번역업체가 번역물 감수 및 기타 수정작업을 지칭하기 위하여 사용한 용어

업체 번호	원문과 번역문을 대조하는 작업	전문지식의 검토	원어민의 검토	도착어(국문)의 검토
1		특정어, 전문용어의 감별, 수정보완	현지인 감수와 수정	문화적 차이의 언어를 감별수정보완
2	프로젝트매니저의 내용교정	경제산업전문가 감수	Native의 감수	편집
3	번역팀장내용검토		현지인 검수	편집
4	교정작업		감수	편집
5	1차 검수	2차 검수	원어민 감수	편집
6	1차 검수	2차 검수	검수	
7	번역팀장감수/편집	편집		편집
8	내부감수자확인		원어민 감수	
9	감수		외국인 감수	편집확인
10	번역물 감수	2, 3차 감수		편집
11	1차 감수		전문 네이티브번역 감수	교정
12	1, 2차 감수		3차원어민감수	교정
13	프로젝트매니저책임 감수	책임감수		검토, 감수

14		분야별 전문번역사 감수	현지인 감수교정	문서편집
15	어학 감수	기술 감수	외국현지 감수	교정
16	교정/감수	전문가 검수	네이티브 검수	교정/감수
17	감수	교수진/현장전문가 감수	원어민 감수	
18	번역 검수	기술적 검수	언어적 감수	편집
19		기술 감수	원어민교정감수/언어 감수	

우선 원문과 번역문을 대조하여 검토하는 '번역물 감수' 작업은 국내 시장에서는 교정, 검토, 검수, 감수, 번역감수, 어학감수 등 다양한 용어로 지칭되고 있음을 알 수 있다. 한편 분야별 전문가에 의한 검토 역시 2차 검수, 편집, 기술감수 등 다양한 용어를 불리고 있었다. 문제가 되는 것은 동일한 '감수', 혹은 '편집'이라는 용어가 업체에 따라 전혀 다른 의미로 사용되고 있다는 점이다. 특히 원어민에 의한 검토의 경우, 해당 원어민이 ST과 비교해 가면서 검토하는지, 혹은 TT만을 검토하는지가 명시되지 않은 경우가 대부분이었으며, 그럼에도 불구하고 원어민 검수(혹은 감수)가 업체마다 중요한 품질관리의 단계로 소개되고 있었다. 결국 일반적으로 '감수'라는 말이 가장 빈번하게 사용된 분야는 원어민 감수였다. 즉 많은 업체들에게 있어서 감수란 주로 원어민에 의한 텍스트의 검토인 것이다. 그리고 전문가에 의한 검토나 도착어(국문)의 검토도 '편집', 혹은 '감수' 등으로 불리고 있었다. 그런데 원어민이나 전문가가 번역텍스트를 검토할 때, 원문과의 대조를 하는지 여부가 표시되어 있지 않기 때문에, 여기서의 감수가 우리가 앞서 제2장에서 정의한 바대로의 '감수'에 속하는지, 혹은 TT텍스트 중심으로 검토하는 '검독'이나 '교정', '편집'에 속하는지를 확인할 수 없다. 그러나 업체들 스스로도 용어상의 혼동 문제를 인식한 듯, 주로 감수, 편집, 교정 등의 개념 앞에 수식어를

붙여서 개념을 구체화하는 방식을 사용하고 있음을 알 수 있다. 예를 들어 '분야별 전문가의 감수', '전문번역사의 감수'라든가 '용어통일성의 감수', '원어민의 감수'라는 식으로 부가적인 설명을 통해서 감수라는 용어의 모호함을 해결하고 있는 것이다. 이는 학문적 차원에서뿐 아니라 실무적 차원에서도 번역물 감수 혹은 기타 번역품질을 제고하기 위한 다양한 행위들에 대한 명확한 개념 정리가 부재한 상황임을 시사하는 것이다.

3) 시사점

이상과 같이 국내 번역시장에서 번역물을 수주, 생산하고 있는 19개 번역업체를 대상으로 번역물 감수에 대한 인식을 파악하였다. 본 연구를 통하여 우리는 다음과 같은 결론에 이르게 된다.

첫째, 조사대상 번역업체들의 홈페이지에서는 번역물 생산공정 및 기타 다양한 유형의 번역물 검토를 언급하고 있었는데, 이러한 검토방식을 분류해 보면 원문과 번역문을 일일이 대조하여 교정하는 작업, 전문가에 의한 내용 검토, 원어민의 검토, 도착어(주로 한국어)의 완결성을 제고시키기 위한 검토 등 네 가지로 요약할 수 있다.

둘째, 각 번역업체들이 위의 네 가지 검토행위를 어떤 명칭으로 지칭하는지를 살펴본 결과, 극심한 용어상의 혼동을 확인할 수 있었다. 업체별로 동일한 개념을 서로 다른 명칭으로 부르고 있음은 물론이며, 검토, 교정, 검수, 감수 등의 용어를 상당히 자의적으로 사용하고 있음이 확인되었다. 특히, '감수'라는 용어는 위의 네 가지 종류의 검토행위에 포괄적으로 사용되고 있었다. 앞서 제2장에서 번역물 감수에 대한 이론적 고찰에서 확인하였던 용어상의 혼란이 실무적 차원에서도 그대로 존재하고 있음을 볼 수 있다.

셋째, 우리가 앞서 제2장에서 정의한 바대로의 감수 작업, 즉 번역문을 원문과 대조하여 검토하는 감수 작업의 경우도 1차 감수, 검토, 교정, 1차 검수 등 다양한 용어로 지칭되고 있다.

넷째, '감수'가 가장 빈번하게 사용된 것은 '원어민 감수', 즉 원어민에 의한 감수였다. 그런데 '현지인 감수' 혹은 '외국인 감수'라는 개념으로 표시된 이 작업을 수행하는 주체가 분명치 않다. 즉 해당감수자가 원문(다시 말해 한국어텍스트)과의 대조작업을 거치는지의 여부는 자료상으로는 드러나지 않았다. 따라서 우리는 이것이 우리가 앞서 규정한 바대로 감수의 영역에 속하는지 혹은 원문과의 대조 없이 이루어지는 검독, 교정, 혹은 편집의 영역에 속하는지를 확인할 수 없었다.

이상의 내용이 시사하는 바는 무엇인가?

첫째, 번역물 감수 및 기타 개념들 간의 명확한 정리작업이 실무적 차원에서도 필요하다는 점이다. 일단 제2장의 고찰을 통하여 개념적 정리가 일부 이루어졌다 하더라도, 이러한 개념적 정리가 실무 차원에서도 반영될 수 있도록 해야 할 것이다. 이를 위해 전문번역사를 양성하는 번역교육기관에서 번역물 감수 및 기타 개념들을 교육하는 것을 해결의 출발점으로 삼을 수 있을 것이다.

둘째, 번역업체들의 감수인식 분석과정에서, 원어민에 의한 AB번역의 검독, 편집 혹은 감수가 감수의 중요한 부분으로 인식되고 있음이 확인되었다. 이는 이론적 연구에서 간과되었던 매우 중요한 측면으로, 모국어가 아닌 외국어방향으로의 번역이 한국의 번역시장에서는 매우 큰 비중을 차지하고 있음을 시사하는 것이다. 그렇다면 번역물 감수에 대한 이론적 접근 및 교육 역시 AB번역의 감수를 배제하고 이루어져서는 안 될 것이다.

셋째, '번역물 감수'라는 포괄적 개념의 세분화가 필요하다는 점이다. 앞서 제2장에서 번역물 감수는 '번역물을 고객에게 납품하기 전에 번역문의 품질을 향상시키기 위하여 번역문 전체를 원문과 대조하면서 검토, 수정하는 행위'로 정의되었다. 이는 기타 번역물의 검토행위와 번역물 감수행위를 구분 짓는 핵심적 개념들을 정리하였다는 점에서는 의의가 있으나, 실제 현장에서는 번역방향 및 감수의 목적에 따라 번역물 감수 개념이 보다 세분화될 필요성이 제기된 것이다. 원문을 아는 원어민에 의한 감수(이하 원어민 감수), 혹은 원문을 아는 분야별 전문가에 의한 감수(이하 전문가 감수) 또한 감수의 중요한 유형으로 추후 연구되어야 할 것이다. 본고에서는 부록 1에 이 개념들의 정의를 추가하는 것으로 만족하고자 하며 이는 추후 연구를 통하여 다루도록 한다. 또한 원문을 모르는 원어민이나 전문가와의 효율적인 협력방식 역시 추후 연구하여야 할 사항이다.

 본 장에서 이루어진 조사는 현재 국내 번역시장에서 번역서비스를 제공하고 있는 번역업체들 중 인터넷 홈페이지를 보유하고 있으며, 그중에서도 번역물 감수를 수행하고 있는, 혹은 적어도 온라인상으로 번역물의 감수를 수행하는 것으로 표방하고 있는 업체들을 대상으로 한 것이다. 따라서 본 연구가 현재 국내에 존재하는 번역업체 전체의 실태를 대변하는 것으로 보기에는 무리가 있다. 그러나 본 연구의 목적이 번역시장 전체를 개괄하는 데 있는 것이 아니라, 번역물 감수에 대한 번역업체들의 인식을 파악하는 데에 있다는 점, 그리고 이들 업체들이 번역물 감수를 어떻게 인식하고 있는가에 대한 연구는 과거 어떤 규모로도 이루어진 사례가 없음을 감안할 때, 현재 번역물 감수 시스템을 보유하고 있는 업체들로 연구 분야를 한정하여 살펴본 것은 향후 연구를 위한 출발점으로서 나름의 의의가 있다고 생각된다.

2. 전문번역사들의 번역물 감수 개념 파악을 위한 면접조사

1) 연구설계

우리는 앞서 국내 번역업체들이 번역물 감수를 어떻게 인식하고 있는 지를 분석하고 문제점을 파악하고, 그에 따른 시사점을 살펴보았다. 그러나 번역물 감수를 수행하는 실질적인 주체는 개별 번역사들이며, 따라서 번역물 감수의 실제를 보다 구체적으로 파악하기 위해서는 결국 개별 번역사들이 번역물 감수와 관련하여 축적한 경험을 데이터로 활용해야 한다고 판단된다. 따라서 본 장에서는 현장에서 일정 정도 이상의 경력을 쌓은 번역사들을 대상으로 면접조사를 실시하여 번역물 감수와 관련한 데이터를 확보, 분석해 보고자 한다. 면접조사의 목적은 개별 번역사들이 보유하고 있는 번역물 감수와 관련된 경험을 자료화하여 분석함으로써 이들이 감수를 어떻게 인식하고 있으며 어떤 방식으로 감수를 수행해왔는지를 파악하는 것이다. 다른 사람이 수행한 번역물을 검토하고 평가하는 작업인 번역물 감수의 특성상, 조사대상을 일정 정도 이상의 번역경력을 가진 전문번역사로 제한하였다.

본 장에서는 조사대상으로 한국외국어대학교 통역번역대학원 통역번역센터 소속 전문번역사 중 언어를 불문하고 번역경력이 4년 이상인 전문번역사 10명을 선정하였다. 피면접자군은 가능한 다양한 언어권이 반영되도록 하였으며, 번역 분야 역시 산업경제 분야에서 문화예술에 이르기까지 다양한 분야가 반영되도록 하였다. 본 연구에서는 양적 분석이 아닌 질적 분석을 목표로 비표준화(unstructured)된 직접면접방식(face-to-face interview)을 선택하였다. 그 이유는 피상적이고 도식적인 질문을 제기하고 수량적으로

분석하는 표준화 방식보다는 개개인의 고유한 경험을 '발견'하는 데에 용이
하다는 판단 때문이다(사회문화연구소, 1996, p.296). 면접조사는 2005년
7월 5일부터 2005년 8월 31일에 걸쳐 수행되었다. 면접조사는 개별적으로
평균 30분에서 1시간가량이 소요되었으며, 조사 내용은 모두 녹음하였다.
면접조사 이후 미비한 것으로 판단되는 부분은 추후 전화문의를 통하여 보
완하였다. 면접조사를 통해 살펴보고자 한 것은 다음의 사항들이었다.

　　－피면접자들은 번역물 감수를 어떻게 인식하고 있는가?
　　－피면접자들은 번역물 감수를 어떤 방식으로 수행하고 있는가?
　　－피면접자들은 어떠한 감수 기준을 사용하고 있는가?
　　－피면접자들은 현재 번역물 감수의 수행 과정에서 무엇을 문제점으
　　　로 인식하고 있는가?

　본 조사의 목적은 피면접자들이 번역물 감수를 어떻게 인식하고 있는
지를 있는 그대로 관찰하는 데 있다. 따라서 '감수가 무엇이라고 생각하
는가?'라는 식의 직접적이고 추상적인 질문을 통해서는 원하는 자료를 얻
기 어려울 것이라고 판단하였다. 번역물 감수에 대해 막연하고 불분명한
인식을 가지고 있을 경우, 답변의 과정에서 연구자가 기대하는 답으로 유
도될 가능성이 있기 때문이다. 그래서 자신의 번역물 감수 경험을 구체적
사례 위주로 소개해 보도록 한 후, 이를 통해 피면접자들이 번역물 감수
를 어떻게 인식하고 있는지를 간접적으로 유추해보는 방법을 사용하였다.
면접조사를 위해 간단한 면접조사표(Interview schedule)를 작성하였다.
면접조사표는 첫째, 번역물을 감수했던 구체적 사례에 대한 질문, 둘째,
번역물 감수를 어떤 방식으로, 어떠한 기준에 의하여 수행하였는가에 대
한 질문, 셋째, 번역물 감수를 수행하는 과정에서 문제점으로 인식한 것
이 무엇이었느냐에 관한 질문 등으로 구성되었다. 면접 조사 과정에서는
피면접자의 답변에 따라 질문을 조정하거나 추가하는 유연한 방식을 선

택하였다. 면접조사에 사용된 면접조사표는 부록 4에 첨부하였다.

2) 결과분석

(1) 피면접자 정보

조사에 참여한 피면접자들은 최소한 4년 이상의 번역경력을 가지고 있었으며 특정기관에 상근직으로 소속되지 않고 현재 전문번역사로 활동하고 있었다. 번역영역은 법률, 경제, 출판번역, 과학기술, 문화예술 중 한두 분야로 전문화되어 있는 경우가 많았으나, 전적으로 한 분야의 번역만 하는 경우는 드물었다. 평균 번역경력은 7.1년이었으며 전원이 번역 강의 경력을 가지고 있었다.

피면접자들의 언어조합 및 번역경력은 아래와 같다.

표 3-4. 피면접자 정보

	번역언어 (단위: 년)	번역경력 (단위: 학기)	강의경력	번역 분야
피면접자 1	영 어	7	1	법률, 경제
피면접자 2	노 어	7	8	출판번역
피면접자 3	중국어	7	9	과학기술, 법률
피면접자 4	일본어	6	4	산업/경제
피면접자 5	불 어	8	16	문화예술
피면접자 6	중국어	6	7	문화, 경제
피면접자 7	중국어	5	10	경제, 기타
피면접자 8	노 어	7	3	과학기술
피면접자 9	영 어	4	6	정치, 경제
피면접자 10	서 어	14	16	경 제
평 균		7.1년	8학기	

(2) 번역물 감수에 대한 인식

우선 피면접자들이 기본적으로 번역물 감수를 어떻게 인식하고 있는지는 피면접자들이 번역물 감수와 관련된 경험을 설명하는 과정에서 드러났다. 면접조사는 번역물 감수의 개념을 명확하게 정의하지 않은 채 진행되었으므로, 피면접자들은 자신들이 생각한 바대로의 번역물 감수 사례를 소개하였다. 면접조사 과정에서 피면접자들이 '감수'라는 용어를 어떤 맥락에서 사용하였는지를 중점적으로 살펴보았다. 피면접자들은 다양한 감수 사례를 소개하였다. 피면접자가 사용한 용어들을 최대한 그대로 반영하여 '감수'라는 말이 들어간 부분의 일부를 발췌하여 정리해 보면 아래와 같다.

> 피면접자 1: "영자신문사에서 영문기사를 '**감수**'해 달라는 의뢰를 받았다."
> 피면접자 2: "분량이 많은 BA번역물을 동료 번역사와 나누어 번역한 후 이를 전체적으로 코디네이션을 하는 과정에서 동료번역사의 번역물을 '**감수**'해야 했다. 또한 다른 사람이 수행한 BA 번역의 품질에 클레임이 걸려서 **감수**한 적이 있다."
> 피면접자 3: "AB번역을 감수한 적이 있었다. 전체의 10-15%를 수정하였다."
> 피면접자 4: "AB번역을 **감수**해 달라는 의뢰를 받았으나, 품질이 매우 심각한 상태여서 재번역을 하고 번역료를 청구하였다. 이밖에도 AB번역을 감수해 달라는 의뢰를 받고 이를 '수정'해 주기도 하였다."
> 피면접자 5: "여러 명의 번역사가 번역을 하고 나서 전체 용어를 통일하기 위하여 다른 사람의 번역물을 '수정'하였다. AB번역의 '**감수**' 의뢰를 여러 차례 받은 적이 있었으나 품질이 매우 낮아서 감수가 아닌 재번역을 했던 경우가 많다."
> 피면접자 6: "특정 기관의 번역사로 소속되어 있을 때, 외주 주었던 번역을 다시 '**감수**'해 달라는 의뢰를 받았다. AB번역의 감수

후 소견서를 써 준 일도 있었다."

피면접자 7: "대규모 프로젝트 번역의 수행과정에서 팀 코디네이터로서 다른 사람의 번역문을 '**감수**'한 적이 있었다. 원어민 감수자가 전체를 '**감수**'하고 내가 그 이후에 오역이나 용어 등을 수정하였다."

피면접자 8: "여러 사람이 나누어서 작업한 BA번역의 품질이 불만족스러웠던 고객이 해당 번역물을 '**감수**'해 달라고 했다. 고객은 스타일을 통일하되, 내용 중 일부를 제외해 달라고 요구하였다."

피면접자 9: "분량이 많은 번역물을 여럿이 나누어 번역하고, 전체 작업을 코디네이션하는 과정에서 다른 사람이 한 번역을 '**감수**'하였다."

피면접자 10: "공공기관에서 중요한 문서일 경우, 품질을 점검해 보기 위하여 '**감수**'를 의뢰하였다. BA번역의 경우였다."

피면접자들은 이 밖에도 다양한 번역물 감수 사례를 소개하였으나, 본고에서는 이를 모두 소개하는 대신 이들의 답변에서 드러난 몇 가지 사항들을 다음과 같이 정리하고자 한다.

첫째, 피면접자들 전원이 번역물 감수를 수행한 경험이 있었다는 점은 시사하는 바가 크다. 피면접자의 수가 비교적 적었다는 사실을 감안하더라도, 언어와 번역 분야를 불문하고 선정된 피면접자들 중 번역물 감수를 수행한 일이 없다고 대답한 번역사는 한 명도 없었다. 이는 번역물 감수에 대한 이론적 공백과는 달리, 실무적 차원에서는 번역물 감수행위가 이미 번역사들에게 친숙한 행위라는 사실을 추측할 수 있게 한다.

둘째, 피면접자들의 답변을 분석해 볼 때, AB번역의 감수 사례가 비중 있게 언급되었다. 피면접자 10명 중 8명이 AB번역의 감수 경험을 소개하였다. 앞서 제2장 이론적 고찰의 단계에서 번역물 감수의 방향의 문제는 별도로 다루어지지 않았다. 이론적 고찰이 해외의 연구들을 대상으로 한 것이며, 해외에서는 모국어를 도착어로 하는 번역이 주류를 이루고 있음을 감안할 때, 이론적 논의에서의 번역물 감수는 대체로 'BA

번역물의 감수'와 동일시된다는 것은 놀라운 일이 아니다. 그러나 국내 번역시장의 경우 상황이 전혀 다르다는 점이 드러난 것이다. 이미 제3.1. 장에서 번역업체들의 번역물 감수에 대한 인식을 고찰하는 과정에서 AB번역을 원어민이 검토하는 작업이 감수 개념의 중요한 부분을 이루고 있음을 확인하였다. 그런데 전문번역사들이 수행하는 번역물 감수에서도 AB번역의 감수가 큰 비중을 차지하고 있다는 점이 본 장의 전문번역사들에 대한 면접조사에서도 재차 확인된 것이다. 한국어와 같이 보급이 덜된 언어의 경우, 한국어를 구사하는 외국인이 극히 드물고, 따라서 원어민에 의한 검토는 극히 드문 경우를 제외하고는 원문과의 대조작업을 포함하는 '번역물 감수'라기보다는 TT텍스트 위주로 수행하는 검독, 혹은 교정인 경우가 대부분일 것이다. 따라서 원문과 대조하는 작업을 포함하는 AB번역의 감수는 역시 국내의 한국인 전문번역사들에게 의존할 수밖에 없는 상황인 것이다. 이러한 사항들을 감안할 때, 국내시장에서 번역물 감수의 중요한 부분을 이루는 AB번역의 감수에 대해서도 추가적으로 연구되어야 하는 부분이다.

셋째, '감수' 개념과 '코디네이션'[29] 업무가 매우 유사한 것으로 인식되고 있다는 점이었다. 이 경우도 주로 AB번역의 사례가 많이 언급되었는데, 코디네이터의 업무를 맡은 번역사는 전체 텍스트의 문체, 용어

---

29) 코디네이션이란 기본적으로 분량이 많은 번역물을 여러 번역사가 나누어 번역하고 난 후, 전체적으로 문체나 용어를 통일하는 작업을 말한다. 안정효(1996)는 국내 출판번역에서 관행으로 굳어져버린 '찢어 하기' 식의 번역을 비판하면서, 출판사에서 문장을 전체적으로 통일하는 작업을 수행하나, 품질상의 문제가 대두된다고 지적하였다. 그러나 이러한 출판번역에서의 '찢어 하기'에 대한 부정적 인식과는 별개로, 실무번역의 경우 번역의 분량이나 기한 문제로 인하여, 여럿이 번역물을 나누어서 수행하는 작업이 불가피한 경우가 많으며, 이러한 경우 코디네이션 작업은 전체의 품질관리를 위해 반드시 거쳐야 할 단계라고 볼 수 있다. 본고에서 '코디네이션'은 주로 이러한 실용번역 분야에 국한되는 의미임을 밝혀둔다.

등을 통일하기 위하여, 타 번역사가 수행한 번역물을 수정하게 되는데 피면접자 5, 피면접자 7, 피면접자 10 등 세 명이 이러한 작업방식을 감수의 경험으로 언급하였다. 사실 이는 앞서 이론적 고찰에서 간과된 측면이었다. 제2장에서 언급한 바와 같이 Didaoui(1998)는 코디네이션을 번역물 감수의 일종으로 언급하면서, 코디네이션을 '하나의 자료를 여러 번역사 혹은 감수자가 나누어서 번역하거나 감수할 때 필요한 작업으로 주로 용어(terminology)와 일관성(consistency)을 통일하는 것을 목적으로 한다'고 설명한다. 따라서 코디네이션이라는 특수한 번역물 감수 형태에 관해서도 추가적인 연구가 필요하다고 판단된다.

넷째, 피면접자의 답변을 토대로 볼 때, 번역물 감수는 대부분 번역 품질상의 문제, 혹은 의혹이 제기된 경우, 이에 대한 사후적 조치로 이루어진다는 점이다. 특히 드물게 BA번역 감수의 경우를 소개한 피면접자 2와 피면접자 8의 경우는 모두 번역문의 품질에 대하여 문제가 제기된 경우였다. 앞서 정의한 바대로 번역물 감수를 고객에게 인도되기 전에 취해지는 조치로 정의한다면, 면접조사의 결과, 엄밀한 의미에서의 BA번역 감수의 경험은 코디네이션의 경우를 제외하고는 전혀 드러나지 않았다. 물론, 본 면접조사가 제한된 수의 전문번역사를 대상으로 하고 있음을 감안할 때, 본 조사의 결과를 토대로 한국번역시장에서 BA번역의 감수가 '전무'한 것으로 일반화시켜 판단하는 것은 성급한 일이다. 그러나 번역물 감수는 주로 AB번역을 대상으로 하는 것으로 인식되고 있으며, BA번역에서의 품질관리를 위한 감수는 그보다는 훨씬 적은 비중으로 이루어지고 있음은 분명하다.

네 번째는 번역물 감수의 수익성 문제이다. 피면접자 5의 경우는 '여러 차례 감수 의뢰를 받았으나, 검토 결과 감수보다는 재번역이 필요할 만큼 품질이 심각한 상태여서 결국 재번역을 한 경우가 대부분이었다'고 설명하였다. 여기서는 감수의 '수익성'의 문제, 즉 어느 정도까지 감수

가능한 텍스트로 볼 것인가의 문제가 제기된다. 이는 앞서 번역물 감수의 기준에 관한 논의에서 Brunette과 Horguelin(1978/1998)이 번역물 감수의 기준으로 언급하였던 사항이다. 감수의 수익성 문제는 이론적 차원에서의 논의상의 어려움과는 별개로, 실무적 차원에서는 분명하게 제기되는 문제임이 확인되었다. 즉 어떤 번역텍스트의 경우, 감수를 하는 것보다 재번역을 하는 것이 훨씬 더 효율적인 경우가 존재한다는 것이다. 문제는 감수의 수익성을 결정하는 기준이 무엇이며, 어느 정도의 품질수준까지가 감수가능(revisable)한 것으로 평가되어야 하는가이다. 이는 추후 연구를 통하여 보완하여야 할 문제이다.

결론적으로 전문번역사들의 번역물 감수 경험은 주로 AB번역의 감수, 코디네이션, BA번역의 품질에 문제가 생긴 이후의 감수 등으로 구성되어 있었다. 또한 전문번역사들의 실제 경험 속에서는 AB번역의 감수가 구체적이고 다양한 사례들로 표시되는 반면, BA번역의 감수는 특별히 문제가 발생하지 않은 경우에는 수행하지 않는 것으로 인식되고 있었다.

(3) 번역물 감수의 수행방식

번역물 감수를 어떤 방식으로 수행하였는가라는 질문에 대해서는 모든 피면접자가 비교적 유사한 대답을 하였다. 즉 피면접자 전원이 번역방향에 상관없이 TT를 ST와 문장단위로 일일이 대조하지는 않으며, TT 위주로 읽으면서 의미가 불분명하거나 이해가 되지 않는 대목, 논리적으로 연결되지 않는 대목에서만 원문과 대조하여 확인하고 수정한다고 대답하였다. 원문과 문장단위로 일일이 대조하는 것이 현실적으로 불가능한 이유로는 시간적 제약의 문제, 그리고 연결된 개념이겠지만 분량의 문제를 꼽았다. 그러나 대부분의 경우 원문과 얼마나 꼼꼼하게 대조하느냐의 문제, 혹은 얼 만큼의 시간을 투여해야 하는가의 문제는 고객으로부터 감수

작업을 의뢰받을 때 결정된다고 대답하였다. 이러한 고객으로부터의 '감
수브리프'30)는 번역사의 감수방식이나 전략을 결정하는 중요한 요소라는
설명이었다(피면접자 4, 피면접자 5, 피면접자 6, 피면접자 8).

(4) 번역물 감수의 기준

번역물을 감수할 때 구체적으로 무엇을 수정하는가의 문제, 즉 감수의
기준 문제 역시 고객이 감수 전에 명시하는 경우가 많다는 설명이었다
(피면접자 2, 피면접자 6, 피면접자 7). 이는 감수의 기준이 상황에 따
라 탄력적으로 사용되고 있음을 의미한다. 대부분의 피면접자는 가장 중
요한 감수 기준으로 오역이나 누락, 논리적인 완결성, 기능적 적합성 등
을 꼽았다. 그러나 번역방향(AB, BA), 혹은 작업유형에 따라 감수의 기
준이 달라지는 것을 확인할 수 있었다. 예를 들어 코디네이션 작업의 경
우는 텍스트 전체의 용어나 스타일을 통일하는 것이 가장 중요한 기준
으로 언급(피면접자 3, 피면접자 5, 피면접자 7, 피면접자 8)되었으며,
BA번역의 경우에는 가독성, 충실성 등이 중요한 기준으로 언급되었다.
반면 AB번역의 경우에는 도착어가 감수자(피면접자)의 모국어가 아닌
만큼, 번역사의 스타일을 최대한 존중하되 언어적 오류들을 바로잡는 것
이 관건이라는 대답이었다(피면접자 2, 피면접자 4, 피면접자 7).

(5) 번역물 감수 수행상의 문제점

---

30) 본고에서는 번역브리프(translation brief) 개념에 착안하여 감수브리프(revision
brief)라는 개념을 사용하고자 한다. 일반적으로 번역브리프는 번역사가 번역과
업을 수행하기 위하여 고객으로부터 받은 지시사항 일체를 말하는 것으로 정의
된다. 같은 맥락에서 감수브리프는 고객이 감수를 의뢰하면서 감수자에게 요구
하는 지시사항 일체를 지칭한다. 번역브리프와 감수브리프의 내용은 상당 부분
중복될 수도 있으나, 상황에 따라 전혀 다를 수도 있다.

  피면접자들이 현재 국내에서의 번역물의 감수와 관련하여 문제점으로 지적한 내용은 크게 다음의 네 가지로 요약할 수 있겠다.

  첫 번째는 감수자의 개입의 정도 문제였다. 앞서 살펴본 대로 감수 작업을 어떤 식으로 수행할 것인지는 고객에 의해 주어지는 감수브리프에 의해 좌우된다 하더라도, 타 번역사의 스타일을 존중하면서도 동시에 효율적인 감수를 수행하는 작업의 어려움에 대해서는 거의 모든 피면접자가 동의하였다. 피면접자들은 대체로 개별 번역사의 스타일을 존중해야 한다는 원칙과 번역물의 완성도를 최대한 높여야 한다는 두 가지 목적 사이에서 고민하는 듯했다(피면접자 2, 피면접자 5, 피면접자 6). 이 문제는 보다 명확한 감수브리프를 요구함으로써 해결할 수 있을 것이며, 혹은 감수에 주어지는 시간이나 요율의 합리화 문제와 함께 생각해 보아야 할 것이다.

  두 번째는 감수 요율의 문제이다. 번역물 감수를 독립적인 작업이 아닌 번역에 수반되는 '부차적' 행위로 인식하고 있으므로, 별도의 비용을 지불하지 않거나(피면접자 2, 피면접자 6), 혹은 터무니없이 적은 요율이 책정된 경우(피면접자 3)도 문제로 지적되었다. 피면접자들의 답변을 비교한 결과, 번역물 감수 요율의 산정 방식도 일관성이 전혀 없었다. 피면접자 3은 감수료로 번역료의 10%를 받았다고 하였고, 피면접사 4는 페이지당 6000원을, 피면접자 6은 일괄금액을 받았다고 대답하는 등 천차만별이었다. 합리적인 번역물 감수 요율 시스템을 마련하는 것이 시급하다는 지적이었다.

  셋째, AB번역물의 감수와 관련하여 원어민과의 협력의 문제도 지적되었다. AB번역의 경우, 한국인 감수자와 원어민이 공동으로 작업하는 경우가 많은데, 원어민이 SL(Source language)을 모르거나 번역사에 비해 해당 분야에 대한 전문지식이 부족한 경우, 의미를 이해하지 못하거나 오히려 내용을 왜곡하는 등의 오류를 범하는 경우가 발생하는 것이 문제로 지적되었다(피면접자 5, 피면접자 7). 앞서 지적한 바와 같이 AB번역이 번역시장의 상당 부분을 차지하는 국내의 상황에서 원어민 검수 혹은 원어민 감수의 문제는 향후 보다 깊이 있는 연구를 통해 다루어져야 할 주제이다. SL을 모르는, 혹은 해당 분야에 대한 전문지식이 부족한 원어민 검수자와 전문번역사 간의 효율적인 협력을 위한 구체적 방법론이 필요하다고 하겠다.

넷째, 한국어를 도착어로 하는 번역물에 대한 감수가 체계적으로 이루어지고 있지 않다는 점도 문제점으로 지적되었다(피면접자 4, 피면접자 5). 앞서 언급한 대로 BA번역에 대한 감수는 이미 완료된 번역물의 품질에 문제가 제기된 경우 사후적으로 수행되는 작업인 경우가 많았다. BA번역에 대한 체계적 감수시스템을 통하여 번역의 품질 문제를 획기적으로 개선할 수 있을 것이라는 지적도 있었다(피면접자 4).

3) 시사점

이상과 같이 면접조사를 통하여 전문번역사들의 번역물 감수에 관한 인식을 살펴보았다. 조사 결과를 통하여 우리는 다음과 같은 결론을 도출할 수 있다.

첫째, 피면접자들에게 있어서 번역물 감수는 주로 AB번역에 수반되는 행위로 인식되고 있었으며, 드물게 BA번역에 적용되는 경우는 해당 번역에 품질상의 문제가 제기된 경우에 한하였다. 다시 말해, 감수란 주로 외국어를 도착어로 하는 번역의 완성도를 높이는 작업으로 이해되고 있었으며, 이러한 검토 작업에서 감수자가 원문과의 대조능력이 있느냐 여부에 따라 감수 개념이 구분되지는 않았다. 이는 AB번역의 감수자가 번역사 본인인 경우와 SL을 모르는 원어민인 경우를 모두 '감수'라는 명칭으로 통칭하는 것을 통하여 확인할 수 있었다. 이를 통해 우리는 피면접자들이 가지고 있는 '감수' 인식은 상당히 모호한 상태임을 확인할 수 있었다. 이는 감수에 대한 이론적 논의를 검토하는 과정에서 확인된 개념상, 용어상의 혼동이 실제에서도 그대로 존재하고 있음을 보여주는 결과이며, 제3.1장에서 살펴본 번역업체에서의 감수인식과도 일치하는 결과였다.

둘째, 그럼에도 불구하고 피면접자들은 매우 구체적이고 다양한 감수 경험을 가지고 있었다. 무작위로 선정된 피면접자 10명 중 감수의 경험이 전무하다고 대답한 피면접자는 한 명도 없었으며, 이는 번역물 감수에 대한 이론적 논의의 부재와는 달리, 실무적으로는 번역물 감수가 다양한 유형으로 수행되고 있음을 추측할 수 있게 한다. 피면접자들은 번역물 감수를 수행하는 과정에서 파생되는 문제들을 구체적으로 인식하고 있었다. 특히, 원어민에 의한 검독, 교정 작업의 문제점이나 감수의 요율 문제 등은 이론적 고찰에서는 언급되지 않은 중요한 실무적 측면들이었다.

셋째, BA번역의 경우, 체계적으로 감수가 이루어지고 있다고 보기는 어려웠다. 피면접자들이 BA번역의 감수를 수행한 것은 주로 번역물의 품질로 인하여 클레임이 발생한 경우에 한하는 것이었으며, 자신의 번역물을 다른 사람이 감수한 일도 없었다고 밝혔다. 이는 BA번역의 품질 관리가 취약한 국내의 현실을 그대로 드러내 주는 지적이었다.

넷째, 예상했던 바와 같이, 피면접자들은 번역 외에도 코디네이션, 감수 등 다양한 업무를 수행하고 있었으나, 이에 대해 준비되지 못한 상태임을 알 수 있다. 피면접자 중 다수가 감수 작업의 원칙이나 개입범위 등을 결정하는 것이 어려운 문제임을 토로하였다.

여섯째, 감수의 기준과 관련해서는 절대적인 고정불변의 감수 기준보다는 고객의 감수브리프에 따른 유연한 감수 기준이 적용되는 것을 확인할 수 있었다. 감수브리프는 전문번역사들의 감수 전략을 규정하는 중요한 요소라는 점을 확인할 수 있었다.

본 면접조사가 제한된 규모로 이루어졌다는 점에서, 본 조사의 결과가 전문번역사 전체의 인식을 대변하는 것으로 보기는 어렵다. 그러나 앞서 제시된 이론적 고찰의 결과 및 번역업체들의 감수인식 조사 결과를 보완하고 번역물 감수의 실제를 보다 입체적으로 이해하기 위한 유용한 자료로 사용될 수 있다고 판단된다.

3. 전문번역사들의 번역물 감수 수행 관찰

1) 연구설계

본 장에서는 전문번역사들에게 번역물의 감수를 의뢰하고 이들이 감수를 수행하는 방식을 관찰함으로써, 번역물 감수의 수행과정 및 문제점을 보다 구체적으로 파악하고자 한다. 따라서 본고에서는 개별 전문번역사들이 감수를 수행하는 방식의 옳고 그름을 평가하거나, 이들의 잘못을 지적하는 데에 초점을 맞추기보다는 감수의 방식을 검토해 보되, 일정 수의 번역사들에게서 반복적으로 드러나는 요소들을 파악해 내고자 한다. 이는 제3.1장의 번역업체의 감수 개념 조사, 제3.2장의 전문번역사 면접조사의 결과를 보완하여, 국내 번역시장에서 번역물 감수가 구체적으로 어떻게 수행되는지를 보다 명확히 이해할 수 있도록 할 것이다.

우선 일정수준 이상의 경력을 갖춘 불한 전문번역사 10명을 연구대상으로 선정하였다. 선정된 10명의 불한 전문번역사는 모두 한국외국어대학교 통역번역대학원 한불과 졸업생으로 현장에서 활발하게 활동 중인 경력 5년 이상의 번역사들로 국내 번역시장을 통하여 번역능력이 검증된 전문번역사로 간주할 수 있겠다.

우선 전문번역사(이하 감수자)들에게 감수를 의뢰할 적절한 원문과 번역문을 확보하는 것이 관건이었다. 여기서 '적절한' 번역문이란 감수자들의 다양한 감수전략을 드러내 줄 만한 텍스트, 다시 말해 감수자들이 다양한 방식으로 개입하고 수정 보완할 여지가 있는 텍스트를 말한다. 이러한 적절한 ST와 TT를 확보하기 위하여 외대통역번역대학원 한불과 1학년 A반(총8명) 학생을 대상으로 다양한 종류의 불어 원문을 한국어로 번역하는 과제를 부과하고 이를 자료화하였다. 번역과제를 부여할 때에는 실제 번역상황과 유사한 구체적 정보를 번역브리프를 통하여 전달하고, 학생들이 번역하는 과정에서 이를 최대한 반영할 수 있도록 하였다. 이상의 검토 과정을 거쳐 본 실험에 사용하기 위하여 최종적으로 선택된 불어 텍스트는 프랑스 시사주간지 렉스프레스(L'Express)지에 2004년 5월 17일 게재된 'Il existe un vide juridique à combler(법적공백이 존재한다)'라는 제목의 총 280단어 길이의 기사 전문과 이를 학생이 번역한 텍스트였다. 이 텍스트는 프랑스 사회당(PS, Parti Socialiste) 소속 국회의원인 파트릭 블로슈(Patrick Bloche)가 자신이 프랑스 의회에 제출한 동성애자 차별금지 법안의 취지를 설명하는 내용이다. 프랑스에서 인종차별적 발언을 하거나 외국인 혐오적 발언을 할 경우, 이는 프랑스 법에 의거 처벌 대상이 되는 반면, 동성애자들을 폄하하는 발언은, 그것이 구체적 행위로 연결되지 않았을 경우 처벌이 불가능하게 되어 있는 프랑스 현행 법상의 모순을 비판하며, 이러한 법적 공백을 메우기 위하여 자신이 제안한 법안의 취지를 설명하고 있다(부록 5 참조).

우리는 해당 텍스트를 통역번역대학원 1학년 A반 학생 전원에게 번역하도록 하였다. 학생들에게 주어진 번역브리프는 아래와 같았다.

아래의 기사는 프랑스의 시사주간지에 실렸던 기사입니다. 이 기사를 한국의 시사주간지에 게재한다는 가정하에 번역해 주십시오.

위와 같은 번역브리프를 제시한 이유는 텍스트 자체의 이해 외에 주어진 텍스트의 용도를 얼마나 번역에 반영하는지를 비교 분석하기 위한 의도였다. 이들이 과제물로 제출한 텍스트들을 검토한 결과 단순한 오역뿐 아니라, 텍스트의 흐름 차원에서 다양한 종류의 오류들이 발생하였으며, 따라서 이러한 오류들을 감수자가 어떤 방식으로 수정하는지를 효율적으로 관찰할 수 있다고 판단되었다. 따라서 학생들이 제출한 총 8개의 번역문 중 가장 우수한 번역문과 가장 오류가 많은 번역문들을 제외한 후, 나머지 텍스트들 중 비교적 다양한 유형의 오류가 포함된 텍스트를 선정하였다. 최종적으로 선정된 학생의 번역문은 부록 6을 참조한다.

이와 같이 선정된 불어 원문과 한국어 번역문을 10명의 불어 전문번역사에게 보내어 감수를 의뢰하였다. 감수를 의뢰하기 전에, 피면접자들에게 이메일로 발송 가능한 형태로 '감수의뢰서'를 작성하였다. 감수의뢰서는 크게 세 부분으로 구성하였다.

첫 번째 부분은 감수 작업에 필요한 감수브리프이다. 감수브리프에는 해당 불어텍스트의 출처를 명시하였으며, 번역자가 통역번역대학원 1학년생이라는 사실도 밝혔다. 그러나 피면접자들이 일상적으로 어떤 방식으로 감수를 수행하는지를 관찰하는 것이 목적이었으므로, 감수를 어떤 방식으로 수행해 달라는 구체적 지시는 하지 않았다. 다만 파일 형태로 되어 있는 번역문에 직접 수정을 해달라고 주문하였다.

두 번째 부분에서는 피면접자의 번역경력, 감수소요시간, 번역물에 대한 총평 및 평가, 감수과정에서의 문제점 등에 관한 설문지를 첨부하였다.

이어 세 번째 부분에서는 불어 원문과 한국어 번역문을 첨부하였으며 번역브리프도 함께 제시하였다. 이상과 같이 구성된 감수의뢰서를 실험

대상자 10인에게 발송하였으며 10인 전원이 감수 결과를 보내왔다. 감수의뢰서는 부록 7을 참조한다.

2) 결과분석

(1) 감수자 정보

실험대상으로 선정된 감수자들은 최소한 번역경력이 5년 이상인 번역사들이었다. 감수자 10명 중 7명은 프리랜서로 활동하는 전문번역사였으며 3명은 특정 기관에 소속된 상근직 통번역사였다. 감수자들의 평균 번역경력은 7.6년이었으며 최빈값은 7년이었다. 감수자별 번역 경력 및 소속은 아래와 같다.

표 3-5. 감수자 정보

	번역 경력(단위: 년)	소 속
감수자 1	7	프리랜서
감수자 2	7	프리랜서
감수자 3	7	프리랜서
감수자 4	8	공공기관 상근 번역사
감수자 5	8	프리랜서
감수자 6	6	프리랜서
감수자 7	15	정부기관 상근 번역사
감수자 8	5	프리랜서
감수자 9	6	외국공관 상근 통번역사
감수자 10	7	프리랜서
평 균	7.6년	

(2) 감수에 소요된 시간

감수자들이 감수 작업을 수행하는 데 소요된 시간은 적게는 30분에서 최고 180분에 이르기까지 감수자별로 편차가 컸다. 평균 감수시간은 68.5분이었다. 감수자별로 주어진 텍스트를 감수하는 데 소요된 시간은 아래와 같다.

표 3-6. 감수에 소요된 시간

피면접자	FT1	FT2	FT3	FT4	FT5	FT6	FT7	FT8	FT9	FT10	평균
시 간 (단위: 분)	80	30	40	90	60	180	40	65	70	30	68.5

실제 감수 상황에서는 고객의 구체적인 주문사항, 즉 감수브리프에 따라, 그리고 감수에 주어진 시간에 따라 투입시간이 달라지겠으나, 동일한 텍스트를 감수하는 데 소요된 시간의 편차가 이렇게 컸던 이유는 번역물 감수에 대한 인식, 감수자의 개입 정도에 대한 인식이 감수자에 따라 크게 다르기 때문인 것으로 해석할 수도 있겠고 감수 작업의 효율성의 차이로 해석할 수도 있다.

(3) 감수자들의 번역품질평가

감수자들은 주어진 번역물을 두 가지 방식으로 평가하였다. 하나는 A(우수), B(보통), C(기준미달) 중 하나의 점수를 선택하여 부여하는 방식이며, 다른 하나는 총평란에 번역문에 대한 전체적인 소견을 기록하도록 하는 것이었다. 감수자들의 평가점수를 A는 3점, B는 2점, C는 1점으로 환산하여 표시하면 아래와 같다.

표 3-7. 감수자들의 번역품질평가

감수자	FT1	FT2	FT3	FT4	FT5	FT6	FT7	FT8	FT9	FT10	평균
평 가	1	1	2	2	1	2	2	1	1	2	1.5

의도적으로 상당 부분의 오류가 포함된 번역문을 선택한 만큼, 예상대로 A점을 준 감수자는 한 명도 없었고, B를 준 감수자가 5명, C를 준 피면접자가 5명으로 각각 절반을 차지하였다. 최하 점수를 준 사람이 5명이나 되는 것으로 보아, 감수자들은 전반적으로 해당 번역문의 품질을 불만족스럽다고 평가한 것으로 보인다.

한편 총평란에서는 대체로 부정적인 평가가 내려졌으나 평가의 구체적인 내용에 있어서는 다소 의견이 엇갈렸다. 감수자 1, 감수자 2, 감수자 5, 감수자 7, 감수자 8, 감수자 9, 감수자 10 등 7명의 감수자가 '번역사가 원문의 의미를 파악하지 못하고 있다'고 평가한 반면, 나머지 세 명(감수자 3, 감수자 4, 감수자 6)은 '원문의 의미는 제대로 파악한 것으로 보인다'고 평가하였다. 예를 들어 감수자 6의 총평은 다음과 같았다.

"전체적 내용은 이해할 수 있게 번역이 되었다. 그러나 군데군데 오역이 있고, 한국어 표현이 어색한 곳도 있다."

반면 동일한 텍스트에 대해 감수자 1은 아래와 같이 평가하였다.

"원문을 이해하지 못했음. 저자가 말하고자 하는 바를 전혀 포착하지 못했을 뿐만이 아니라, 자신이 번역한 번역문의 전체적인 완결성도 고려하지 않음. 부분적으로 표현이 매끄러운 곳도 있지만 한 문장만 볼 뿐 텍스트를 보는 눈이 전혀 없음."

여기서 번역의 품질의 문제, 무엇이 좋은 번역인가라는 추상적이고도 복잡한 문제에 대하여 길게 논할 의도는 없다. 그러나 이와 같이 감수자 간의 평가가 엇갈리는 상황에서 해당 텍스트가 감수 가능한 것인지 혹은 재번역을 해야 하는지에 대해 의견이 다를 수도 있으며, 따라서 감수 가능성(revisability)[31]의 문제가 제기될 수도 있음을 예측할 수 있다. 즉 동일한 번역문에 대해서도 어떤 감수자는 감수 가능(revisable)하다고 평가하고, 또 다른 감수자는 재번역이 필요하다고 평가를 내릴 수 있다는 점이다. 어쨌든 감수자들의 구체적 총평은 단순한 ABC 채점에서는 드러나지 않은 감수자들의 견해 차이를 분명하게 드러내 주었다.

(4) 감수과정에서의 문제점

실험에 참가한 감수자들은 해당 텍스트를 감수하는 과정에서 발생한 문제점을 기록하게 되어 있었다. 그런데 감수자들 중 다수가 감수 작업 자체의 문제점과 함께 주어진 텍스트 자체의 문제점, 즉 주어진 불어 원문에서 번역상, 혹은 감수상에 문제가 되는 대목을 함께 지적하였다. 이들의 답변을 정리해 보면 아래와 같다.

첫째, 감수자 10명 중 4명이 감수자의 개입 범위의 문제를 지적하였다. 감수자 2는 '번역문에 오류가 있을 경우, 번역문을 최대한 존중하면서 감수하는 것이 어렵다'고 설명하였으며, 감수자 7도 감수범위에 많은 고민을 했다고 밝혔다. 감수자 9는 '감수가 아닌 재번역을 한 것이 아닌가라는 의구심을 가지며, 감수 기준이 무엇인가라는 질문을 하게 된다'고 설명하기도 하였다. 감수자들은 어디까지 텍스트를 수정해야 하며, 어디까지 번역사의 번역스타일을 존중해야 하는지에 대해 혼란스러워 했다. 그런데 실제로 이들의 감수결과를 살펴보면, 대부분의 감수자들은 한결같이 주어진 번역문 전체를 대폭 수정하는 방식을 택하였다. 그러나

---

31) '감수가능성'의 정의는 부록 1을 참고한다.

많은 감수자들이 자신의 개입 정도가 '정당한가'에 대한 의구심을 가지고 있었던 것으로 추측된다. '감수자의 개입 범위'의 문제는 앞서 제 3.1.2.5.장에서 전문번역사들을 대상으로 한 면접조사에서 감수 과정에서의 문제점으로 언급되기도 하였다. 다시 말해, 감수 작업의 효율성을 기하기 위해서는 감수자에게 어느 정도까지의 수정을 기대하며, 무엇을 위주로 감수해야 할지를 명시하는 것이 반드시 필요하다는 점을 다시 한 번 확인할 수 있다.

둘째, 해당 텍스트의 특수성에 따른 구체적 문제점들을 언급한 감수자들도 있었다. 예를 들어 불어의 특정 단어와 한국어의 대응어가 어감이 다른 데서 오는 문제(감수자 1), 원문에서 1인칭으로 표시된 것을 3인칭으로 번역함으로 인하여 발생한 문제(감수자 3), 불어텍스트 자체의 난이도가 높았다는 점(감수자 4), 시사주간지에 게재하기에 적합한 어투를 찾는 문제(감수자 7) 등이 언급되었다. 이들은 감수상의 문제점을 지적했다기보다는 해당 텍스트를 번역하는 과정에서 드러날 수 있는 번역상의 문제점을 지적한 것으로 보인다. 이는 감수자들이 감수 작업과 번역 작업을 본질적으로 다른 것으로 구분하지 않으며, 번역상의 문제와 감수상의 문제를 혼동하는 데에서 오는 결과라고 분석할 수 있겠다. 이들은 감수 작업의 어려움을 번역상의 어려움과 동일한 것으로 이해한 것이다.

(5) 감수자들이 사용한 감수 기준

감수자들은 해당 번역문의 문제점이나 특징을 자유롭게 지적하였다. 여기서 우리가 관심을 가져야 할 것은, 개별 감수자들의 평가 속에서 간접적으로 드러나는 평가의 기준이다. 다시 말해 감수자가 무엇을 염두에 두고, 무엇을 기준으로 감수하였는지를 간접적으로 엿볼 수가 있다. 예를 들어 감수자 4는 '(번역사는) 독자가 이 글을 이해할 것인가? 독자가 이 글을 읽을 때 불편하지 않을 것인가? 등의 질문을 스스로 던져보지 않은 듯하다'라고 지적함으로써, 번역텍스트의 독자 및 TT텍스트의 가독성을 품질의 중요한 기준으로 삼고 있음을 알 수 있게 하였다. 반면 감수자 2는 '저자가 말하고자 하는 바를 전혀 포착하지 못했다'고 지적함으로써 저자의 의도를 중요한 기준으로 삼고 있음을 시사하였다. 10인의 감수자들의 모두 여러 개의 감수 기준을 가지고 있었으며, 이들의 감수 기준의 상당 부분은 중복되었다. 여기서 우리는 이를 제2.2.3장에서 제시한 번역물 감수 기준, 즉 전달, 가독성, 언어규범, 기능적 적합성 등 네 개의 그룹으로 분류하여 살펴보고자 한다.

① '전달' 관련 지적

앞서 번역물 감수의 첫 번째 기준으로 제시된 '전달'은 ST의 의미나 의도(혹은 저자의 의도)를 TT에서 정확히 전달하였는지 여부를 확인하는 기준이다. 전달 기준은 감수자들이 가장 많이 언급한 기준이었는데 감수자들의 언급은 주로 원문의 의미와 논리적 흐름을 이해하였는가의 문제, 오역의 문제, 저자의 의도를 제대로 전달하였는가의 문제 등 세 가지로 압축된다. 앞서 설명한 것처럼 10인의 감수자 중 7명이 번역사가 원문을 제대로 이해하지 못한 듯하다고 지적하였고, 5명이 오역을 언급하였으며 3명이 원저자 혹은 ST의 의도를 언급하였다. 우선 감수자들의 언급 중 원문의 이해 및 오역과 관련된 지적들을 정리해 보면 아래와 같다.

　－감수자 1: '원문을 이해하지 못했음.'
　－감수자 4: '전체적인 뜻은 거의 다 파악하고 있으나……'
　－감수자 5: '텍스트의 전반적 의미를 파악하지 못하고……(중략)'
　　　　　　'오역이 상당 부분 있으며……'

—감수자 6: '군데군데 오역이 있고……'
—감수자 7: '간혹 오역이 보임……'
—감수자 8: '기본적인 이해 능력, 오역이 있음.'
—감수자 9: '원문의 의미파악에 오류가 있고……'
—감수자 10: '오역도 발견할 수 있었다.……'

이 밖에도 저자의 의도를 충분히 살리지 못했다는 지적(감수자 1, 감수자 3)도 있었다.

—감수자 1: '저자가 말하고자 하는 바를 포착하지 못했을 뿐만 아니라……'
—감수자 3: '불어문장의 의도와 전후 문맥관계를 파악하지 못하고……'

원문의 이해 문제와 오역의 문제는 원인과 결과로 보인다. 즉 원문의 이해를 제대로 못했을 경우, 그 결과 오역이 발생하게 되는 것으로 볼 수 있다. 결국 감수자들이 '전달' 기준과 관련하여 언급한 내용은 '원문의 내용을 정확하게 전달하였는가'의 문제와, '저자 혹은 ST의 의도를 TT에서 제대로 반영하였는가?'의 두 가지로 요약된다고 볼 수 있겠다.

② '언어규범' 관련 지적

언어규범 기준은 번역문이 도착어의 언어규범을 존중하였는가 여부를 평가하는 기준을 말한다. 앞서 감수의 기준에서 설명한 바와 같이, 언어규범은 주로 단어나 문장 차원에서의 지적을 포함한다. 그런데 본 실험이 BA번역의 감수를 대상으로 하는 만큼, 언어규범과 관련한 지적은 그다지 많지 않았다. 감수자들이 주로 지적한 것은 한국어 표현의 '어색함'이나 '번역투'의 문제였다.

　　－감수자 2: 한국어 표현에서 번역투의 어색한 표현이 발견된다.
　　－감수자 3: 표현이 매끄럽지 못하다.
　　－감수자 6: 한국어 표현이 어색하다.
　　－감수자 10: 국어문장에서 불어냄새가 풍기며 (⋯⋯) 불어를 모르는
　　사람은 다소 이해하기 어려운 부분이 있는 것 같다.

　여기서 우리는 번역방향에 따라 각 기준들 간의 비중이 달라지게 됨을 추측할 수 있겠다. AB번역의 경우 언어적 문법적 요소들이 훨씬 비중 있게 다루어질 수 있을 것이기 때문이다.

　③ '가독성' 관련 지적

　앞서 언급한 '언어규범은 언어적 형식에 관한 것으로 문장단위 이하의 것'으로 정의되는 반면, 가독성은 ST와는 상관없이 TT텍스트의 전체적 완성도를 평가하는 기준이다. 많은 감수자들(10인 중 5인)이 원문 텍스트에의 충실성 여부와 관계없이, 번역문이 독립적 텍스트로서 갖추어야 할 완결성을 중요한 기준으로 삼았다. 이들이 주로 지적한 것은 TT텍스트의 논리성과 전체적인 완결성이었다. 이와 관련된 감수자들의 언급을 살펴보자.

　　－감수자 1: '번역문의 전체적인 완결성을 고려하지 않았다.'
　　－감수자 2: '내용의 논리가 깨졌다.'
　　－감수자 3: '전후 문맥관계를 제대로 파악하지 못했다.'
　　－감수자 5: '논리 전개가 미비하다.'
　　－감수자 7: '표현이 불필요하게 늘어지며⋯⋯'

　이상의 내용을 토대로 볼 때, '가독성'과 관련된 언급은 크게 TT텍스트의 논리성과 완결성 등 두 가지로 볼 수 있다.

④ '기능적 적합성' 관련 지적

기능적 적합성과 관련된 언급은 별도의 구체적인 지적을 통해 드러나지는 않는다. 감수자 7의 경우만이 '시사지에서 인물을 소개한다면 인터뷰를 했을 것이라고 가정해야 하나 3인칭 기사체로 번역되었다'는 점을 지적하였다. 이는 주어진 감수브리프에서 감수 혹은 번역문의 기능과 용도를 개략적으로만 설명하였기 때문이라고 볼 수 있다. 이는 가능한 한 감수자의 전략을 있는 그대로 파악하기 위함이었으나, 향후 연구 시에는 보다 구체적인 감수브리프를 제시하고 이것이 감수자들에 의해 어떻게 반영되는지를 추가적으로 살펴볼 필요가 있다. 어쨌든 기능적 적합성과 관련된 언급은 감수대상 텍스트의 성격과 감수브리프에 따라 중요한 기준이 될 수도, 혹은 기타 기준들에 비해 비중 없는 기준이 될 수도 있음을 짐작할 수 있다.

(6) 감수자의 개입 범위 및 감수의 효율성 문제

감수자의 개입 범위 문제는 앞서 제3.2.2.5장에서 전문번역사들을 대상으로 한 면접조사에서도 언급된 문제로, 감수를 수행하는 과정에서 번역사들이 가장 어려움을 느끼는 대목이었다. 감수 작업의 효율성을 기하기 위해서는 감수자에게 어느 정도까지의 수정을 기대하며, 무엇을 위주로 감수해야 할지를 명시하는 감수브리프가 반드시 필요하다는 점이 부각되기도 하였다. 본 실험에 참가한 감수자들 역시 감수자의 개입 범위와 관련하여 어디까지 수정해야 하며 어디까지 번역사의 스타일을 존중해야 하는가를 결정하는 것이 어려웠다고 지적했다(감수자 1, 감수자 7, 감수자 9).

그런데 감수된 텍스트를 전체적으로 검토해본 결과 감수자들의 대부분이 번역텍스트를 전면적으로 수정하는 감수방식을 선택하였음이 드러 났다. 총 18문장으로 이루어진 번역텍스트를 10명이 감수한 결과, 전체 180개 문장 중 감수자가 수정하지 않은 문장은 9개뿐이었다. 감수자별 로 다소의 차이는 있으나, 대부분의 감수자들은 거의 모든 문장을 수정 하였다. 감수자들 중 가장 적은 부분을 수정한 감수자 10의 경우도 전 체 18문장 중 4문장을 제외한 모든 문장을 수정하였다.

이러한 개입은 예상치 못한 결과였다. 우리는 앞서 본 연구의 목적이 감수자들의 감수능력을 평가하는 데에 있지 않다는 점을 분명히 밝힌 바 있다. 또한 감수자들이 텍스트 전체를 대거 수정했다 하더라도, 수정 의 사유가 정당하다면 그것은 과잉 개입이라고 볼 수는 없다. 그러나 감 수자들의 감수 결과를 검토하는 과정에서 매우 중요한 문제가 발견되었 다. 그것은 감수의 효율성과 관련된 문제였다. 대부분의 감수자들은 감 수의 가장 중요한 기준으로 '전달'의 문제, 즉 원문에의 충실성 문제를 언급하였으나, 정작 감수자들이 치중한 것은 문체나 표현이었으며, 반면 명백한 오역이 있는 문장들은 그대로 방치되는 결과가 발생했다. 여기서 '명백한 오류'이라 함은 Pym(1992)의 'binary error'와 같은 의미로, 숫 자 오류 등과 같이 논의의 여지없는 오류를 뜻하며, 번역상의 오류, 즉 non-binary error와 대비되는 개념이다(p.102).

감수자들에게 주어진 번역문은 총 18개 문장으로 이루어진 텍스트였 으며, 문장 1, 문장 5, 문장 9 등 총 3개 문장에서 명백한 오류가 있었 다. 감수자들에게 주어진 번역문에서 명백한 오류가 포함된 부분을 밑줄 로 표시하면 아래와 같다.

여전히 법적 장치가 부족하다.

1) <u>오늘날, 프랑스에는 인종차별적이거나 외국인을 혐오하는 발언에</u>
   <u>대해 처벌할 수 있는 법적 장치가 없다.</u> 또한 "동성애자를 화형
   시키자."라고 말한 경우에도 법적으로 제재할 수 있는 방법이 없
   다. 이러한 현상이 올바른 것인가? 물론, 동성애 혐오적이거나 성
   차별적인 행위에 대해서는 이를 처벌할 수 있는 법이 있다. 하지
   만 말의 경우 이를 처벌할 법적 장치는 없다.

2) <u>1881년 프랑스 언론에 관한 법에서는 표현의 자유를 보호하고 남</u>
   <u>용을 막고 있지만 인종차별적인 발언에 대해서는 처벌하지 못한</u>
   <u>다.</u> 그러므로 성이 다르거나 장애가 있거나 혹은 생활 방식이 다
   르거나 성 정체성이 다르다는 이유로 상대방에게 차별적인 발언을
   한 경우까지 범위를 확대해야 한다. 그리고 동성애 혐오 발언과
   같은 어느 한 부분만을 포함하거나 아니면 또 다른 부분의 차별
   적인 발언만을 포함하는 것은 불충분하다. 왜냐하면 내 생각에는
   성차별 또한 동성애 혐오만큼 심각하기 때문이다.

3) <u>게다가 프랑스형법 22조 1항에서는 차별에 대해 처벌하고 있지만</u>
   <u>차별에 대한 범주는 명시하지 않고 있다.</u>

   몇몇 사람들은 이 법이표현의 자유를 침해하지 않을까 염려한다.
하지만, 안심하십시오! 왜냐하면 익살꾼들이 다소 모호한 방식으로
여성 혐오자들을 풍자할 것이기 때문이다. 그리고 실제로 1881년 프
랑스 법의 판례로 표현의 자유를 침해할 경우 이를 처벌할 수 있다.

   그러나 성차별적인 광고의 경우, 이는 2003년 11월에 패트릭 사회
당 의원이 국회에 제출했던 법안의 대상이 아니다. 패트릭 의원은 성
차별적인 성격을 띠는 광고는 차별적인 성격을 띠지 않는다고 생각한
다. 왜냐하면 이러한 광고가 증오나 폭력적인 행동을 야기하지 않기
때문이다. 그리고 광고에 대한 문제점은 프랑스 광고 검열 위원회 몫
이다. 따라서 이와 관련된 법은 수정되어서는 안 된다.

   패트릭 의원은 자유를 침해하는 사람은 아니다. 왜냐하면 이 사회당

의원은 사전 검열 제도에 대해 반대하기 때문이다. 하지만 법의 테두리 안에서 제재를 통해 좋은 본보기를 제시할 수 있는 방식에는 찬성한다.

각각의 문장별로 번역사가 범한 오류를 설명하면 다음과 같다.

오류 1)

불어 원문: Aujourd'hui, il n'existe rien pour condamner les propos discriminatoires autres que racistes ou xénophobes.

번역문: 오늘날, 프랑스에는 인종차별적이거나 <u>외국인을 혐오하는 발 언에 대해</u> 처벌할 수 있는 법적 장치가 없다.

정정: 오늘날 프랑스에는 <u>인종차별적이거나 외국인을 혐오하는 발언 외에</u> 기타 차별적 발언을 처벌할 수 있는 법적 장치가 없다.

위의 문장에서 번역사는 원문의 의미를 완전히 반대로 해석하는 치명적 오류를 범하였다. 원문에서는 인종차별적, 혹은 외국인 차별적 발언들은 처벌을 받지만 기타 차별적 발언은 처벌할 길이 없다고 설명하고 있는데, 번역문에서는 인종차별적, 외국인 차별적 발언조차 처벌할 수 없다고 설명하고 있다. 불어 구문에서 autres que (…… 외에 다른 것)의 의미를 정확히 이해하지 못한 결과이다. 이는 명백한 오류라고 볼 수 있다.

오류 2)

불어 원문: La loi sur la presse de 1881, qui protège la liberté d'expression mais sanctionne également les abus, ne doit pas s'arrêter aux propos racistes.

번역문: 1881년 프랑스 언론에 관한 법에서는 표현의 자유를 보호하고 남용을 막고 있지만, <u>인종차별적인 발언에 대해서는 처벌 하지 못한다.</u>

정정: …… <u>인종차별적인 발언을 처벌하는 선에서 만족해서는 안 된다.</u>

번역사는 여기에서도 문장 1에서와 동일한 실수를 저질렀다. 인종차별적 발언을 처벌하지 못한다는 의미가 아니라, 이를 처벌하는 선에서 만족해서는 안 된다는 원문의 의미를 왜곡하였다.

오류 3)
불어 원문: D'ailleurs, l'article 225-1 du Code pénal, qui
　　　　 sanctionne les discriminations, ne crée pas de hierarchie.
번역문: 게다가 <u>프랑스 형법 22조 1항</u>에서는 차별에 대해 처벌하고
　　　　 있지만, 차별에 대한 범주는 명시하지 않고 있다.
정정: --- <u>225조 1항</u>에서는 차별에 대해 처벌하고 있지만,

번역사는 불어 원문의 225-1항을 22조 1항으로 잘못 옮기는 오류를 범하였다. 이는 숫자 오류로 명백한 오류이다.

그런데 대부분의 감수자들이 감수 과정에서 위의 명백한 오류의 상당 부분을 수정하지 않고 방치하였다. 감수자가 오류를 수정한 경우는 O로, 오류를 그대로 방치한 경우는 X로 표시하여 정리해 보면 아래와 같다.

표 3-8. 감수자별 오류수정 여부

감수자	1	2	3	4	5	6	7	8	9	10
오류 1	O	O	O	O	O	X	X	O	O	X
오류 2	O	O	O	O	O	X	X	X	O	X
오류 3	X	X	X	X	O	O	O	O	X	X

전체 번역사 중 명백한 오류를 모두 수정한 감수자는 감수자 5뿐이었으며, 나머지 9명의 번역사가 최소한 1개 이상의 오류를 방치하였다. 10명의 감수자 중 6명의 번역사가 숫자오류를 그대로 방치하였다는 점 역

시 시사하는 바가 크다. Horguelin(1988)은 번역물 감수를 교육할 때, '오류수정'과 '개선'을 구분할 필요가 있다고 설명하였다. 즉 규범에서 명백히 벗어나는 부분을 고치는 작업이 가독성이나 문체를 개선시키는 작업보다 우선시되어야 한다는 것이다. 저자는 이 두 가지를 구분해야 하는 필요성을 다음과 같이 설명한다.

> Elle habitue les étudiants à ne pas confondre erreur grave et peccadille, alors qu'on constate dans leurs premiers travaux qu'ils voient presque toujours la paille, mais plus rarement la poutre (p.255).
> 이를 통해 학생들은 중대한 오류와 사소한 오류를 구분할 수 있게 된다. 학습 초기의 학생들은 사소한 실수들은 잘 찾아내는 반면, 정작 치명적인 오류는 보지 못하는 수가 있다.

이외에도 저자는 감수 시 '개선'과 '오류수정'을 구분함으로써, 실제 감수 작업은 시간적 제약 속에서 이루어지므로 중대한 실수 위주로 감수해야 한다는 점을 깨닫게 하고, 또 타인의 번역물을 존중하는 태도를 습득하도록 해야 한다고 설명한다. 번역물 감수 작업 시 오류의 경중을 구분하는 것이 효율적인 감수의 조건임을 잘 설명하고 있다.

그런데 본 실험에 참가한 감수자들은 텍스트의 대부분을 대폭 '개선' 하였으며 비교적 많은 시간을 감수 작업에 투입하였다. 그럼에도 불구하고 명백한 오류들이 '수정'되지 않은 채 남아 있었다. 이는 앞서 감수자들이 원문에의 충실성을 중요한 감수 기준의 하나로 언급했음에도 불구하고, 실제로는 Horguelin(1988)이 지적한 대로, 중대한 실수와 덜 중요한 오류를 구분하지 못하였으며, '가독성', 혹은 '언어규범'과 관련된 '개선' 위주의 작업을 수행한 것으로 해석될 수 있다.

Ammour(2002)는 감수자의 개입 정도에 따라 텍스트를 전면적으로 수정하는 '최대감수'와 최소한을 수정하는 '최소감수'를 구분하였다 (p.69). 그러나 이는 해당 번역문의 품질 및 용도에 따라 결정되는 것이지 어떤 경우에도 감수 작업이 중대한 오류들을 방치하는 '대략적' 검토가 되어서는 안 됨을 강조하고 있다. 번역물 감수는 시간과 비용을 유발하는 작업이라는 점을 감안할 때, 감수자가 대대적으로 수정하면서 명백한 오류들을 방치했다는 것은 감수 작업의 효율성 문제가 있는 것으로 해석할 수 있다.

3) 시사점

이상과 같이 전문번역사들이 구체적 텍스트를 대상으로 감수를 수행하는 방식을 관찰해 보았다. 이상의 내용을 우리는 다음과 같이 정리할 수 있겠다.

첫째, 감수자들의 감수 기준을 검토해 본 결과 대체로, 2.2.3장에서 제시한 네 개의 그룹으로 분류 가능하였다. 즉 감수자들의 감수 기준 중 '전달'과 관련된 기준들로는 원문의 의미전달 여부(오역), 저자의 의도를 제대로 살렸는지 여부 등이 제시되었고, '언어규범'에 속하는 언급으로는 '번역투', '한국어 표현' 등이 지적되었다. '가독성'과 관련하여서는 '논리성'과 '텍스트의 완결성' 등이 언급되었다. 그러나 '기능적 적합성' 기준의 경우는 '게재지의 특성 반영 여부' 외에 별다른 지적이 눈에 띄지 않았으며 이는 감수브리프에서 번역텍스트의 기능 및 독자에 대한 구체적 설명이 주어지지 않았기 때문인 것으로 해석된다.

둘째, 감수자들이 감수 과정에서 문제점으로 지적한 것은 감수자의 개입 범위 문제였다. 그러나 실제로 감수자들은 전반적으로 번역문을 대폭 감수하였다. 반면, 숫자 오류 등 명백한 오류의 경우는 방치된 경우가 많았다. 즉 감수자들은 명백한 오류를 수정하는 것보다는 '개선' 위주의 감수 작업을 수행하였다. 경력 수년 이상의 번역사들이 오역을 그대로 방치한 이유는 무엇인가? 이는 분명 번역물 감수 작업을 효율적으로 수행하기 위한 방법론상의 공백이 있음을 반증하는 것이다. 다시 말해 번역물의 감수 작업은 분명 번역작업과는 다른 방법론과 훈련을 요구하는 작업이라는 점이 드러난 것이다. 그러나 이상의 실험은 전문번역사가 아닌 학생이 수행한 번역텍스트를 바탕으로 하였다는 한계를 가지고 있다. 또한 불한 번역텍스트의 감수에 한정된 것이므로, 기타 언어의 번역이나 AB번역에까지 확대시켜 적용하기 위해서는 실험대상을 보다 확대하여야 할 필요가 있으며, 이는 추후 연구를 통하여 보완하기로 한다.

4. 소결 및 번역교육 차원에서의 함의

본 장에서는 국내에서의 번역물 감수의 실제를 세 단계로 나누어 살펴보았다. 첫 번째로는 한국 번역시장에서 번역물 생산의 주축이 되고 있는 번역업체 중 19개 업체의 홈페이지를 분석함으로써 번역물의 감수를 어떻게 인식하고 있는가를 살펴보았다. 두 번째로는 전문번역사들이 번역물 감수를 어떻게 이해하고 있으며, 어떠한 실무적 경험을 보유하고 있는지를 10인의 전문번역사에 대한 면접조사를 통하여 파악하였다. 세 번째로는 전문번역사들이 실제 감수를 수행할 때 어떤 방식으로 수행하며, 그 과정에서 드러나는 문제점은 무엇인지를 파악하기 위하여 10인의 불한 번역사들에게 번역물 감수를 의뢰하고 감수 작업의 수행을 관찰하였다. 이러한 3단계의 연구를 통하여 제한적으로나마 국내 번역시장에서의 번역물 감수 실태를 파악할 수 있었으며, 이론적 연구나 번역교육에 적용할 만한 결론도 도출하였다고 보인다.

우선, 번역업체의 감수인식 조사를 통하여 국내번역시장에서 번역물 감수가 번역물 품질관리의 중요한 수단으로 인식되고 있음을 확인하였다. 그러나 '감수'라는 용어는 명확한 정의 없이 다양한 의미로 사용되고 있었으며, 따라서 제2장에서 제시된 이론적인 개념 분류가 현장에서도 수용될 수 있도록 하는 것이 필요하고, 이는 번역교육과정에도 반영되어야 하는 점이라는 결론에 이르게 된다. 또한 번역업체들의 감수 개념은 주로 AB번역물의 원어민에 의한 검독을 지칭하는 용어로 많이 사용되었는데, 이는 이론적 차원에서는 간과되었던 한국시장의 특수성을 반영하는 측면으로 보인다. 따라서 AB번역의 원어민 감수(혹은 검독) 작업에 대해서도 추가적 연구가 필요하다고 판단된다.

둘째, 전문번역사들에 대한 면접조사 결과, 번역물 감수와 관련된 다양한 경험들을 보유하고 있었는데 전문번역사들 역시 상당 부분의 감수 경험이 AB번역의 감수와 연결되어 있었다. 반면 BA번역에 대한 감수의 경우, 품질관련 문제가 발생한 이후 사후적으로 취해지는 조치인 경우가 많다는 점이 확인되었다. 또한 번역물량의 규모가 커지면서, 대규모 번역프로젝트의 코디네이션 작업도 감수의 일환으로 행해지고 있었다는 점을 확인하였다. 한편 감수의 기준과 관련해서는 고정불변의 절대적인 감수 기준이나 방법론을 적용하기보다는 고객의 감수브리프에 따른 유연한 감수 기준이 적용되는 것을 확인할 수 있었다.

셋째, 전문번역사들에게 실제 감수를 의뢰해 본 결과, 제2장에서 제시된 감수 기준의 하위 기준들을 도출할 수 있었다. 또한 감수자들은 텍스트 전체를 대거 '개선'한 반면, 명백한 오류들을 방치하는 등, 감수의 효율성에 대한 문제가 제기되었다. 오류들 간의 경중을 구분하는 것, 즉 '개선'과 '오류수정'을 구분하는 것이 필요하며, 감수 작업이 번역과는 별도의 방법론과 훈련을 필요로 하는 작업이라는 점이 명백하게 드러났다.

그렇다면 이상의 연구결과가 번역교육 차원에서 가지는 함의는 무엇인가?

첫째, 제2장에서 확인한 용어상의 혼란이 실무적 차원에서도 확인되었다. 앞서 제2장의 결론에서 언급한 바와 같이, 용어 및 개념상의 정립이 실무적 차원에서도 필요하다는 점은 번역물 감수에 대한 개념적 정립이 번역교육 시 간과되어서는 안 될 부분임을 다시 한번 확인할 수 있게 한다.

둘째, 본 연구를 통하여 국내의 번역시장에서 번역물 감수가 번역 품질관리를 위한 중요한 수단의 하나로 인식되고 있음을 확인하였다. 또한 개별 번역사들 역시 번역물 감수, 코디네이션 등 다양한 유형의 번역물 감수 경험을 보유하고 있으며 실제로 번역사들은 번역 외에도 다양한 종류의 업무를 수행하고 있음을 확인하였다. 그런데 현재의 번역교육과정이 이러한 내용들을 반영하고 있지 않으며, 개별 번역사들은 이론적 방법론적으로 충분히 준비가 되지 않은 상태에서 이러한 업무들을 수행하고 있음이 드러났다. 이는 개별 번역사들을 대상으로 한 감수 수행 관찰 과정에서 제기된 번역물 감수 작업의 효율성 문제를 통해서도 확인할 수 있었다. 따라서 우리는 번역교육과정에서 이러한 다양한 업무에 대한 보다 체계적인 교육의 필요성을 재차 확인하였다.

셋째, 서구에서와는 달리 국내에서의 번역물 감수에서는 AB번역의 감수가 큰 비중을 차지하고 있음이 확인되었다. 따라서 번역물 감수의 교육 시, AB감수의 특수성에 따른 논의를 포함시키고, 특히 원문을 모르는 원어민과의 작업이 효율적으로 이루어지도록 하기 위한 구체적 방법론을 모색해야 할 것이다. 이는 추후 별도의 연구에서 다루기로 한다.

넷째, 번역물 감수의 교육이 실무적으로 보다 유용한 것이 되려면, 가능한 한 실무상황과 유사한 조건에서의 교육이 이루어져야 할 것이다. 그런데 본 장에서 확인된 많은 문제들, 즉 감수자의 개입 정도의 문제, 감수 작업의 효율성 문제 등은 보다 구체적인 감수브리프를 통해서 어느 정도 해결할 수 있다고 보인다. 따라서 번역물 감수교육은 막연히 번역문과 대조하여 수정하는 식이 되어서는 안 되며, 해당 텍스트의 용도, 대상독자, 감수 작업의 목적이나 중점을 두어야 할 부분이 분명하게 제시된 상황하에서 이루어져야 할 것이다. 이상의 내용을 구체적으로 어떤 교육 모델로 정리할 것인가의 문제는 제4장에서 논의하기로 한다.

IV
번역물 감수의 번역교육
차원에서의 고찰

본 장에서는 제2장과 제3장에서 도출된 결론을 토대로 번역물 감수를 번역교육에 도입하기 위한 모델을 제시하는 것을 최종 목표로 한다. 그러나 이에 앞서 우리는 번역물 감수를 번역교육에 도입해야 하는 당위성에 대해 새로운 각도에서 고찰해 보고자 한다.

본 장의 연구는 크게 두 단계로 이루어진다.

제4.1장에서는 번역물 감수를 번역교육에 도입해야 하는 당위성을 학문적 차원에서의 의의와 실무적 차원의 필요성이 아닌 '번역능력'이라는 새로운 시각에서 설명해 보고자 한다. 다시 말해 실무적 차원에서 필요하기 때문에 번역물 감수를 번역교육에 포함시켜야 한다는 당위성 외에도, 번역물 감수의 교육이 '번역능력'을 제고하는 효율적인 수단이 될 수 있음을 증명해 보고자 한다. 이미 Horguelin(1988), Mossop(1992), Ammour(2002) 등은 번역물 감수를 번역교육에 도입하는 것이 번역물 감수의 전문가를 양성하는 차원에서뿐 아니라 번역교육 차원에서도 효율적인 도구가 될 수 있다고 주장한 바 있다.[32] 그러나 이들의 연구는 대체적으로 번역물 감수를 번역교육에 성공적으로 도입한 사례들을 소개하는 데 초점을 맞추고 있다. 그런데 이들 중 특히 Horguelin(1988)은 번역능력과 감수능력의 연관성에 대해 언급하고 있다. 즉 번역물 감수를

---

32) 이들의 연구는 제4.2장에서 상세히 다루고자 한다.

교육함으로써 감수능력뿐 아니라 번역능력을 효율적으로 향상시킬 수 있다고 주장한 것이다(p.254). 따라서 우리는 이를 논의의 출발점으로 삼아, 번역능력에 대한 기존의 논의들을 검토함으로써 번역능력과 감수능력 간의 연관성을 보다 심층적으로 고찰해 보고자 한다. 다시 말해, 번역능력이 어떻게 정의되어 왔으며, 번역물 감수가 번역능력의 어떤 측면을 향상시킬 수 있는지를 밝혀내 보고자 한다.

제4.2장에서는 번역물 감수교육 모델을 제시하고자 한다. 여기서는 번역물 감수를 이미 번역교육에 도입한 해외의 사례들을 검토한 후, 앞서 제2장에서 살펴본 번역물 감수에 대한 이론적 고찰과 제3장에서 살펴본 번역물 감수의 실제 고찰 결과를 종합하여 하나의 교육 모델로 제시하고자 한다.

1. '번역능력' 개념을 통해 본 번역물 감수교육의 당위성

1) 번역능력 정의의 경향

오랫동안 번역능력은 언어능력과 크게 다르지 않은 것으로 인식되어 왔다. 이는 번역능력을 언어적 지식과 혼동한 데서 온 결과이며 언어능력과 번역능력을 혼동하거나 동일시하는 경향은 오늘날까지도 완전히 불식된 것으로 보기는 어렵다. 국내의 경우도 이러한 상황은 마찬가지이다. 공공기관의 번역 발주자들을 대상으로 수행된 대규모 설문조사에서, 가장 이상적인 번역사의 자질을 묻는 질문에 응답자 중 52.8%가 '외국어 실력이 우수한 한국인으로 해당 분야 전공자인 사람'을 꼽았다(이승재 등, 2000, p.87). 다시 말해 외국어 능력과 해당 분야에 대한 전문지식을 번역능력의 가장 중요한 요소로 보고 있는 것이다. 그러나 이렇듯 실제 번역의 현장에서 번역능력에 대한 구체적 인식이 부재한 것과는 별도로, 이미 이론적 차원에서는 '번역능력'에 대한 다양한 해석과 정의가 제시되어 왔다. Newmark(1969)는 번역능력과 언어능력을 다음과 같이 구분하여 설명한 바 있다.

> Any old fool can learn a language, but it takes an intelligent person to become a translator(p.85).

번역사로서의 능력은 언어능력과는 별개라는 점을 부각시킨 Newmark(1969)의 설명은 비록 언어능력이 번역능력의 충분조건이 될 수 없다는 점을 인식하고 있다는 점에서는 의미가 있으나, 번역에 필요한 'intelligence'가 과연 무엇인지를 구체적으로 제시하지는 못하고 있다. 결국 Newmark(1969)는 '번역능력'이라는 말을 'intelligence'라는 모호한 말로 대체했을 뿐인 것이다. 이는 번역능력에 대한 초기의 막연하고 불명확한 인식을 반영한다. 번역능력은 일반적 언어능력과 구분되는 특수한 능력으로 간주되지만, 그것이 어떠한 요소로 구성되어 있는지에 대해서는 설명하지 못하고 있는 것이다. Campbell(1998)은 번역능력에 대한 이러한 막연한 접근의 위험성을 다음과 같이 지적하고 있다.

> The translator can no longer be thought of as a ghostly perfect bilingual, but as a living being with a role and abilities that can be described and discussed; when the translator emerges, then the translation competence begins to emerge as an important issue (p.4).

위의 글에서 Campbell(1998)은 번역능력을 구체적으로 기술하고 설명하는 작업이 번역물이 아닌 번역사 중심의 논의 단계로의 이행을 위해 필수적인 요소임을 강조하고 있다. 이러한 시각은 오늘날의 번역능력 관련 논의에 잘 드러나 있다. 번역학 연구의 관심이 번역물이 아닌 '번역사'로 옮겨가고 번역교육에 대한 관심이 높아지면서 번역능력은 더 이상 추상적이고 막연한 개념이 아닌, '정의' 및 '기술'이 가능한 개념으로 인식되고 있다. 최근의 번역능력 정의를 개괄해 보면 크게 두 가지 특징이 드러난다. 첫째, 번역능력의 정의가 목적과 맥락에 따라 달라지게 됨을 인식함으로써 번역능력의 정의가 상대화되기 시작하였으며, 둘째, 번역능력을 정의하는 것에서 그치지 않고 번역능력을 구성하는 구체적 하위 요소들을 제시하기 시작했다는 것이다. 본고에서는 위의 두 가지 측면을 중심으로 오늘날의 번역능력 관련 논의들을 정리해 보고자 한다.

(1) 번역능력 정의의 상대화

오늘날에는 고정 불변의 절대적인 번역능력의 정의가 존재한다고 믿기보다는 어떤 맥락에서 어떤 목적에 따라 번역능력을 정의하느냐에 따라 번역능력이 다르게 정의될 수 있음을 인식하게 되었다. 여기서는 Bell(1991)과 Campbell(1998)를 대표적 예로 소개하고자 한다.

Bell(1991)은 번역의 인지적 과정을 분석하여 모델로 제시하는 과정에서 번역능력의 정의방식을 세 가지로 분류한다. 첫 번째는 번역능력을 이상적 이중언어능력(Ideal bilingual competence)으로 정의하는 방법, 둘째는 번역능력을 전문가능력(Expertise)으로 보고 실제번역수행을 관찰하여 번역능력을 유추해내는 방법, 셋째는 번역능력의 커뮤니케이션적 차원(Communicative competence)을 부각시켜 번역사를 커뮤니케이터(Communicator)의 일종으로 보고 정의하는 방법이다(pp.38-42).

Bell(1991)이 제시한 첫 번째 정의방식은 번역사를 완벽한 이중언어사 용자로 규정하고 번역사의 머리 속에 있는 소위 '블랙박스'에 접근하여 얻은 자료들을 바탕으로 번역능력을 규명해 내려는 것이다. 이는 앞서 Campbell(1998)이 비판한 접근으로 초기의 번역능력 정의방식이라고 할 수 있다. 번역능력을 정의하는 두 번째 방식은 특정 분야의 전문가적 지식 및 경험을 가진 인간(또는 조직)의 판단과 행동을 흉내 내는 컴퓨터프로그램인 '전문가 시스템(expert system)'[33]이 번역에도 도입될 경우를 가정하면서, 번역능력을 하나의 '전문지식체계'로 상정하는 방법이다. 따라서 번역사들의 번역 수행(translator performance)을 관찰하고 이를 토대로 유추한 사실들을 일반화하여 번역능력을 설명하는 귀납적 방법이다. Bell(1991)은 이러한 방식으로 접근할 경우, 번역능력은 크게 SL 지식, TL(Target language) 지식, 텍스트 유형관련 지식, 분야 지식, 대조언어학적 지식 등으로 구성되는 '기본지식'과 텍스트의 해독, 텍스트의 부호화 등으로 이루어지는 '추론 메커니즘'으로 구성된다고 설명한다. 그러나 저자 스스로 밝힌 바와 같이, 컴퓨터 기술을 번역과정 및 번역능력의 규명에 적용하려는 시도는 그 자체로 의의가 있으나 아직은 이러한 방법들이 신뢰 가능한 데이터들을 생산해내고 있는 단계에 이르지는 못했음을 부정할 수 없다.

Bell(1991)이 제시한 세 번째 접근방식은 번역능력과 번역수행을 분리시키지 않고 커뮤니케이션 능력(communicative competence)이라는 하나의 개념으로 묶어 설명하는 방법이다. 번역사는 기본적으로 커뮤니케이터이며 단지 다른 커뮤니케이터들이 가진 자질을 두 개 언어로 가지고 있을 뿐이라고 보는 저자의 시각이 반영된 접근법이라 할 수 있다(p.36). 번역능력을 실제 번역수행과는 유리된 추상적 능력으로 바라보거나, 혹은 번역수

---

33) 일반적으로 이러한 시스템은 축적된 경험이나 노하우를 프로그램화하여 특정 상황에 적용할 수 있는 규칙을 가지고 있는 지식베이스를 포함한다. 잘 알려진 전문가시스템 중에는 체스를 두거나 의학진단을 지원하는 것 등이 있다.

행만을 관찰하여 얻은 결과를 일반화시키는 방법은 모두 그 자체로서 한계를 가지고 있음을 인식하고, 이를 발전적으로 종합한 개념이라 하겠다.

한편 Campbell(1998)은 제2언어(second language) 학습과정에 대한 연구의 일환으로 외국어를 도착어로 하는 번역에 관해 고찰하는 과정에서, 번역능력을 규명하기 위한 접근방식을 세 가지로 분류한다. 첫째는 심리학적 모델을 통해 번역능력을 설명하려는 접근으로, 경험적 데이터를 통하여 번역의 정신적 과정을 유추하여 번역능력을 정의하는 방식으로, 사고발화법(TAP)을 통한 데이터의 수집을 예로 들고 있다. 두 번째는 품질평가 차원에서의 접근으로, 앞서 심리학적 모델이 번역을 수행하는 번역사에 초점을 맞춘 것과 달리, 여기서는 번역의 결과물인 번역텍스트를 기준으로 번역능력을 간접적으로 평가하는 것을 말한다. 세 번째는 번역교육 차원에서의 접근으로, 번역교육을 염두에 두고 번역능력을 정의하는 것을 말한다. 여기서 저자는 담화분석, 텍스트언어학 등을 번역교육 및 번역능력의 정의에 적용하려는 기존의 시도들을 비판하며, 이러한 접근들은 기본적으로 학생에 초점(student-centered)이 맞추어져 있다기보다는 텍스트나 특정 이론에 초점이 맞추어져 있었으며(text or theory-centered), 번역능력에 대해 기술하기보다는 자신들의 이론적 토대로 설계한 번역교육 프로그램의 효과를 예측하는 수준에 머무르고 있음을 날카롭게 지적한다 (p.11). 다시 말해, 번역교육에 관한 논의의 틀 속에서 번역능력에 대해 언급은 하고 있기는 하나, 몇몇 예외적인 저자들을 제외하고는 엄격한 분석과 추론의 결과라기보다는 막연하고 불분명한 방식으로 번역능력을 설명해 왔다는 것이다.

이상에서 살펴본 바와 같이, Bell(1991)과 Campbell(1998)은 서로 다른 방식으로 번역능력에 대한 기존의 논의를 분류하였다. 전자는 주로 번역능력과 수행을 구분하였던 기존의 연구에서 벗어나 두 가지를 통합한 접근을 지향해야 한다는 것에 초점을 맞추고 있으며, 후자는 번역능력 정의의 방식을 '목적', 혹은 '대상'에 따라 분류하면서 특히 번역교육 차원에서의 번역능력 정의의 중요성을 강조하고 있다. 그러나 이들은 공히 번역능력의 정의가 접근방식에 따라 달라질 수 있음을 간파하였다는 점에서 의의를 가진다.

(2) 번역능력의 구성 요소 제시

오늘날의 번역능력에 대한 고찰에서 발견되는 또 하나의 특징은 단순히 '번역능력은 어떤 것이다'라는 식의 선언적 정의에서 한발 더 나아가, 번역 능력을 구성하는 하위 요소들을 구체적으로 열거하거나 설명하는 경향이 두드러지게 되었다는 점이다. 앞서 살펴본 Bell(1991)과 Campbell(1998)도 예외는 아니었다. Bell(1991)은 커뮤니케이터로서의 번역능력을 구성하는 요소로 문법적 능력, 사회언어학적 능력, 담화적 능력, 전략적 능력 등 네 가지를 들고 있다. '문법적 능력'이란 어휘, 발음, 문장구성 능력 등 일반적 의미에서의 언어적 능력을 광범위하게 포괄한다. '사회언어학적 능력'이란 발화의 주제, 참가자의 지위, 목적 등 맥락을 감안하여 번역문을 생산하고 이해하는 능력을 의미하며, '담화능력'이란 텍스트를 특정 장르의 특성에 맞게 생산할 수 있는 능력을 말하고, '전략적 능력'은 커뮤니케이션의 효율성을 향상시키는 데 필요한 다양한 전략을 구사할 줄 아는 능력을 말한다.

한편 Campbell(1998) 역시 번역능력을 구성하는 세 가지 하위요소로 도착어 텍스트능력, 성향, 모니터링 능력 등을 들고 있다. '도착어 텍스트 능력'이란 도착어의 문법 및 어휘를 문장 이상의 차원에서 이해하고 적절한 도착어 텍스트를 생산해 내는 능력이며, '성향'이란 번역사들의 번역물을 검토해본 결과 드러나는 요소들로 텍스트 능력 차이로는 설명할 수 없는 다른 변수들, 보다 개인적인 특성들에 기인한 요소들을 통칭하는 것으로 설명하고 있다(p.153). 그리고 '모니터링 능력'이란 번역사가 자기 자신의 번역물을 객관적으로 평가하는 능력과 자신의 번역물을 스스로 수정하는 '자기감수능력'을 통칭하는 개념이다(p.138). 물론 Campbell(1998)의 연구는 AB번역을 전제로 하고 있으나, 저자가 설명한 대로 이는 일반적 번역능력의 정의에 대입 가능하다고 판단된다(p.161). 이 밖에 번역능력의 구성 요소를 언급한 연구들은 많으나 여기서는 Nord(1991)와 PACTE Group[34]을 언급하는 것으로 만족하고자 한다.

텍스트언어학이 발달하면서 텍스트언어학적 관점에서 번역능력을 정의하려는 시도가 이루어졌는데, Nord(1991)의 번역능력 정의는 이러한 관점을 잘 보여주고 있다.

······ competence of text reception and analysis, research competence, transfer competence, competence of text production, competence of translation quality assessment, and, of course, linguistic and cultural competence both on the source and the target side, which is the main prerequisite of translation activity(p.47).

위의 정의에 따르면 Nord(1991)에 있어서 번역능력은 텍스트 수용능력, 텍스트 분석능력, 자료조사능력 등 원문텍스트의 이해와 관련된 능력과 이해한 바를 전달하는 능력, 그리고 도착어 텍스트의 생산과 관련된 능력 등의 기본적 능력 이외에도 품질을 평가하는 능력, 언어적 능력, 문화적 능력 등의 다양한 하위 요소들로 구성된다. 번역행위에 대한

---

34) PACTE Group은 바르셀로나 대학교의 번역교사 10인이 모여 만든 연구팀으로 주로 번역능력, 번역능력의 향상, 번역교육, 번역능력 평가에 관한 연구를 수행하고 있다. 구성원은 A. Beeby, L. Berenguer, D. Ensinger, O. Fox, A. Hurtado Albir, Martinez Melis, W. Neunzig, M. Orozco, M. Presas, F. Vega 등이다.

사회언어학적 접근이 반영된 위의 정의에서는 번역능력이 단순히 텍스트를 이해하여 다른 언어로 표현하는 능력뿐 아니라, 문화적 능력, 품질평가 능력 등을 포괄하는 보다 복합적인 능력임을 부각시키고 있다.

한편, 번역능력의 구성 요소를 규명하고 이를 번역교육과 연계시키려는 대표적인 연구로 Schäffner와 Adab(2000) 및 여기에 소개된 PACTE Group의 연구를 들 수 있다. Schäffner와 Adab(2000)에서는 번역능력에 관한 다양한 저자들의 시각을 망라한 총 17편의 논문을 번역능력의 정의, 번역교육, 번역능력의 평가 등 세 부분으로 나누어 소개하고 있다. 특히 Orozco(2000)는 PACTE Group이 제시한 번역능력의 6대 구성 요소로 이중언어 커뮤니케이션 능력, 언어 외적 지식, 번역 툴 사용 및 전문적 능력, 심리학적 능력, 전달능력 및 번역과정에서 발생하는 문제를 해결하기 위해 사용되는 언어적, 비언어적, 의식적 무의식적인 작업을 수행하는 전략적 능력 등을 들고 있다(Schäffner & Adab, 2000, p.200).

여기서 각 저자들이 제시한 다양한 번역능력의 정의를 모두 고찰할 수는 없다. 단, 저자들마다 번역능력의 구성 요소를 다양하게 정의하고 있으며 현재까지는 번역능력을 구성하는 하위요소가 무엇인지에 대해서 명확한 합의가 이루어진 것으로 보기는 어렵다는 점을 확인할 수 있다. 어쨌든 Schäffner와 Adab(2000)에서 다양한 저자들이 제안한 번역능력 정의를 분류 종합해 보면, 대략 언어적인 능력(SL+TL 지식, 텍스트 차원의 이해), 언어외적 능력(주제 지식, 문화적 능력, 자료조사능력), 전달능력, 전략적 능력 등의 네 가지로 정리해 볼 수 있겠다(pp.3-72).

2) 기존연구의 한계 및 대안

우리는 앞서 Bell(1991), Campbell(1998), Nord(1991) 등을 중심으로

다양한 번역능력의 정의를 고찰하였다. 그러나 여전히 번역능력의 본질이 무엇인지는 분명하게 드러나지 않은 채이다. 앞서 언급한 바와 같이, Bell(1991)은 기본적으로 번역의 과정을 모델화하려는 인지적 연구의 맥락에서 번역능력의 규명에 접근하였다. 그의 연구는 번역능력이 접근방식에 따라 다양한 방식으로 정의될 수 있음을 보여주었다는 점, 그리고 기본적으로 번역사를 커뮤니케이터로 인식하고, 번역사의 커뮤니케이션 능력의 중요성을 부각시켰다는 점에서 큰 의의가 있다 하겠다. 그러나 Bell(1991)이 제시한 커뮤니케이터로서의 번역사의 능력을 구성하는 요소들 중 전략적 요소를 제외한 나머지 세 가지(문법적 능력, 사회언어학적 능력, 담화적 능력)는 여전히 번역능력을 언어학적 측면에서 접근하는 한계를 벗어나지 못하고 있다. 그리고 번역능력을 '커뮤니케이션 능력'이라는 보다 포괄적 범주에 속하는 능력의 하나로 인식한 결과, 번역능력을 기타 커뮤니케이션 능력과 구분해 주는 변별적 요소가 무엇인지에 대한 고찰이 간과되고 있음을 부정할 수 없다. 한편 Campbell(1998) 역시, 번역능력이 다양한 방식으로 정의될 수 있음을 인식한 점, 특히 번역교육 차원에서의 번역능력 정의가 보다 현실적이고 구체적인 내용을 담고 있어야 한다는 점을 간파하였다는 점에서는 의미가 있으나, 그가 제시한 번역능력의 세 가지 구성 요소, 즉 도착어 텍스트능력, 성향, 모니터링 등은 구체적으로 번역교육에 어떤 식으로 응용해야 할지에 대해 분명한 방향이 제시되어 있지 않다. Nord(1991)의 번역능력 정의는 번역능력의 구성 요소에 사회, 문화적 요소를 추가하였다는 점에서는 의의가 있으나, 원문텍스트의 이해 및 분석을 중시하는 텍스트언어학적 입장이 지나치게 반영되어 있는 것이 사실이다. 과연 번역사는 ST에 대한 텍스트언어학적 분석능력을 갖추고 나서야 비로소 번역을 수행할 수 있는가의 문제, 번역사는 어느 정도의 수준까지 원문텍스트를 분석(analysis)해야 하는가의 문제, 그리고 모든 번역작업에 텍스트언어학적 분석이 선행되어야 하는가의 문제 등을 제기해 볼 수 있다. 그리고 번역 능력을 구성하는 요소를 이렇게 나열할 경우, 앞으로도 이는 무한히 늘어날 수 있을 것이기에 상당히 일시적이고 가변적인 번역능력 정의일 수밖에 없다는 한계가 있다.

우리는 이상의 고찰로부터 다음과 같은 결론에 이르게 된다. 위와 같이 번역능력을 구성하는 모든 요소들을 수평적으로 열거하는 방식으로는 번역능력의 본질에 다가갈 수 없다. 번역능력의 구성 요소, 다시 말해 번역사에게 요구되는 자질은 앞으로도 무한히 늘어날 것이기 때문이다. 따라서 중요한 것은 번역능력을 구성하는 요소들을 모두 밝혀내어 나열하는 데에 있는 것이 아니라, 번역능력을 기타 커뮤니케이션 능력과 구별 짓는 가장 핵심적인 요소가 무엇인지를 밝혀내는 데 있다고 판단된다. 이러한 문제를 인식한 몇몇 저자들은 번역능력의 구성 요소들 중 무엇이 더 중요하고, 무엇이 덜 중요한지에 관하여 고찰하기 시작하였다. 예를 들어 Neubert(2000)는 번역능력의 구성 요소를 크게 '맥락적 요소'와 '내용적 요소'로 구분하고, '내용적 요소'를 다시 언어능력, 텍스트 능력, 주제 능력, 문화적 능력, 전달 능력 등의 5개 능력으로 설명한 후, 이 중 가장 중요한 능력으로 전달능력을 들고 있다(Schäffner & Adab, 2000, pp.5-6). 한편, PACTE Group의 Orozco(2000)는 PACTE Groupe이 제시한 번역능력의 6대 구성 요소를 소개하면서 전달 능력 및 전략적 능력을 강조한다. 즉 번역능력 중 가장 핵심적이고 중요한 요소는 해당 번역물의 기능 및 수용자의 특징을 감안하여 ST로부터 적절한 TT를 생산해내는 '전달능력' 및 번역과정에서 발생하는 문제를 해결하기 위해 사용되는 언어적, 비언어적, 의식적 무의식적인 작업을 수행하는 '전략적 능력'이라고 주장하며, 그 외의 요소들은 부차적인 것으로 설명하고 있다. 저자는 이를 다음과 같은 그림으로 나타내고 있다.

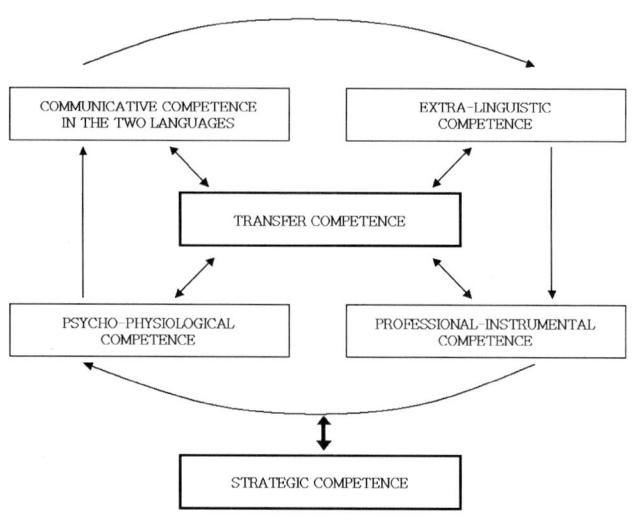

그림 4-1. 번역능력의 구성 요소(Schffner & Adab, 2000, p.200)

위의 그림에서는, 번역능력을 구성하는 여섯 가지 요소 중 전달능력 (Transfer competence)이 핵심적 요소임이 드러나 있으며, 모든 능력을 종합하여 발휘하는 전략적 능력(Strategic competence) 역시 중요한 번역능력으로 제시되어 있다. 이렇듯 번역능력을 구성하는 요소들 간의 중요도를 차등화한 것은 번역능력을 구성하는 가장 핵심적인 요소, 즉 일반적 커뮤니케이션 능력과 번역능력을 구분하는 변별적 요소가 무엇인지를 규명하려는 시도로 볼 수 있다. 번역능력의 핵심은 더 이상 원문텍스트의 이해 능력이나 도착어의 표현능력 등의 언어적 측면에 있지 않으며, 전달능력 혹은 이러한 모든 능력을 효율적으로 종합 발휘하는 전략적 능력에 있다고 보는 것이다. Neubert(2000) 역시 이 점을 잘 인식하고 있다.

In fact, the intensive search of and hopefully, successful choice of one or rather a sequence of equivalences is the result of a trade-off between linguistic (including stylistic) options, textual constraints, subject preferences and cultural considerations which yield transfer alternatives. The actual transfer is the translator's decision. It results from selection. Transfer most often, though of course not always, is the task of choosing from an <u>embarras de richesses</u>(Schäffner & Adab, 2000, p.11).

저자는 여기서 번역능력의 핵심인 '전달' 능력이 결국은 '다양한 선택 가능성' 중 적절한 하나의 대안을 선택하는 능력이라는 점을 강조하고 있다. '선택'과 '전략적' 능력은 이제 번역능력을 구성하는 가장 중요한 요소 중의 하나로 인식되고 있는 것이다.

번역능력의 핵심적 요소가 '전략적 선택'에 있음을 일찍이 간파한 Pym(1993a)의 번역능력 정의는 이러한 시각을 집약적으로 드러내 주고 있다. 우선 Pym(1993a)은 번역능력을 텍스트분석능력, 혹은 단어치환능력과 혼동해서는 안 된다는 점을 명확히 지적한다. Pym(1993)에게 있어 번역능력이란 사전적 대응어를 찾아내거나 대조언어학적 작업을 수행하는 능력과는 전혀 다른 어떤 것이다. 오히려 번역능력이란 명확한 대응어가 없는 의심(doubt)의 순간에 발휘되는 능력임을 강조하며 아래와 같이 설명한다.

Why should translators be employed to produce one-to-one correspondences? A dictionary can do that, a comparative linguist can do that, a machine can do that. (……). But we don't need any translational competence to help us do it. Only in situations of doubt do we have translational competence(p.29).

또한 Pym(1993a)은 원문텍스트의 텍스트언어학적 분석이라는 것이 번역작업에 반드시 필요한 작업인가에 대해서조차 의문을 제기한다.

> I don't go along with theorists who say you need a complete understanding of a text before you can translate it. ⋯⋯ it's the main point in all the textbooks that confuses translation with the analysis of source texts(p.88).

Pym(1993a)은 원문텍스트의 '분석'이 번역사에게 꼭 필요한 작업이라는 주장은 번역작업을 원문텍스트 분석과 혼동하는 우를 범하는 것이라고 설명함으로써 번역능력의 규명에 있어 ST의 정확한 이해에 치중되어 있던 무게 중심을 ST에서 TT 사이의 지점으로 이동시키는 역할을 한다. Pym(1993a)의 번역능력 정의는 이러한 그의 시각을 구체적으로 반영하고 있다.

> The first skill is the ability to generate, for each real or imaginary source texts, a target text series of more than one viable term (⋯⋯). The second skill, which is more serious, is the ability to select one target text from this series, quickly and with justified confidence(p.28).

Pym(1993)에게 있어서 번역능력이란 주어진 ST로부터 가능한 여러 개의 TT를 생산해 내고, 그중 가장 적절한 TT를 선택할 수 있는 능력으로 정의된다. 번역사의 능력이 향상될수록 번역사가 선택 가능한 것으로 떠올리는 대안의 수는 줄어들고 번역사가 선택의 문제로 고민하는 시간도 줄어든다고 설명한다. 결국 Pym(1993)에게 있어서의 번역능력은 선택과 결정의 능력이다. 여러 가지 번역의 대안 중에서 가장 적절한 번역을 타당한 기준에 의해 선택하는 능력이야말로 번역능력의 핵심으로 인식되는 것이다.

이는 앞서 Campbell(1998)이 '모니터링 능력'으로 표현한 것과도 일맥

상통한다. 앞서 설명한 대로, 모니터링 능력이란 실시간으로 자신의 번역물을 수정하여 질적으로 개선하는 능력, 그리고 번역의 결과를 객관적으로 판단할 수 있는 능력이다. 다시 말해, 번역의 결과물을 객관적인 눈으로 독자의 입장에서 읽고 수정하는 능력이며, 여기에서 요구되는 것은 결국 자신의 선택과 결정의 타당성을 스스로 증명해 내는 능력인 것이다.

　여기서 우리는 번역교육과 번역물 감수를 연결시켜 주는 중요한 고리를 발견한다. Orozco(2000)의 전달 및 전략적 능력, Pym(1993)이 제시한 전략적 선택의 능력, 그리고 Campbell(1998)의 모니터링 능력이야말로, 우리가 소위 번역물 감수교육을 통하여 집중적으로 향상시킬 수 있는 번역능력의 구성 요소라고 판단되기 때문이다. 번역능력이 단순한 언어능력이나 이해능력에 있지 않고 적절한 답을 선택하는 능력, 번역물에 대한 객관적 평가를 내리고 이를 효율적으로 수정하는 능력과 연관되어 있다면, 번역교육 역시 이러한 능력을 개발하는 데에 초점이 맞추어져야 할 것이다. 그런데 자신이 혹은 타인이 수행한 번역텍스트를 읽고 필요한 수정을 가하는 작업인 번역물 감수는 번역능력을 구성하는 이러한 '선택과 결정의 능력'을 향상시키기 위한 효율적 도구가 될 수 있다고 판단된다. 번역물을 감수하는 과정에서 번역 학습자는 스스로의 번역물을 검토할 때와는 달리 전적으로 제3자의 눈으로 텍스트를 바라보게 된다. 그리고 자신의 선택과 결정을 정당화시켜야 하기에, 그 타당성을 끝없이 자문해 보게 된다. 즉 번역물 감수를 학습하는 과정에서 번역 학습자는 스스로 정당화할 수 있는 선택을 하는 연습을 되며, 이것은 번역능력의 핵심적 구성 요소인 전달능력 및 전략적 능력을 효율적으로 향상시킬 수 있다고 보는 것이다.

　따라서 번역물 감수를 번역교육에 도입하는 것은 이러한 번역능력에 대한 인식의 전환을 교육 현장에 구체적으로 반영하는 출발점으로서의 의의도 가지게 될 것이다.

2. 번역물 감수의 번역교육에의 응용에 관한
기존 연구 고찰

번역물 감수를 번역교육에 활용하자는 주장은 주로 사례연구 형식의 논문들을 통하여 소개되어 있다. 여기서는 Horguelin(1988), Mossop(1992), Ammour(2002) 등의 연구를 중점적으로 검토해 보고자 한다.[35]

우리는 이들의 연구를 국내의 번역교육에 응용하기 위하여 다음과 같은 구체적 질문들을 중심으로 위의 연구들을 살펴보고자 한다.

첫째, 각 저자들이 번역물 감수교육을 번역교육과정의 어느 시점에 도입하는 것이 적절하다고 보았는지를 살펴보기로 한다. 저자에 따라서는 감수를 본격적 번역교육이 시작되기 이전에 Pre-translation exercise(PTE)[36]의 일환으로 활용할 것을 제안하는 반면, 어떤 학자는 감수교육은 번역경험이 없는 초기에는 불가능한 것으로 보기도 한다.

둘째, 각 저자들이 제시하고 있는 구체적 방법론이 무엇인지를 살펴보고자 한다. 다시 말해, 수업시간은 어떤 방식으로 편성되며, 단계별로 번역물 감수교육의 내용을 어떻게 조절하는지, 그리고 교육의 효율성 제고를 위해 어떤 개념이나 도구들을 제안하는지를 살펴보아야 할 것이다.

셋째, 번역물 감수교육이 어떠한 측면에서 번역교육에 기여할 수 있는지에 대해 저자들이 어떻게 설명하고 있는지를 살펴보고자 한다.

---

35) Joyal(1969)은 실무 현장에서 전문번역사들을 대상으로 하는 번역물 감수를 다루고 있으므로 연구에서 제외한다.

36) 우리는 본 연구에서 PTE를 본격적 번역연습에 들어가기 전, 번역에 필요한 분석능력, 종합능력 등을 향상시키기 위한 목적으로 수행하는 연습들로 엄밀한 의미에서의 번역작업은 아니나 텍스트의 이해, 의미도출 능력을 제고하기 위한 사전 훈련을 총칭하는 것으로 정의한다.

1) Horguelin(1988)이 제안한 번역물 감수교육

우선 Horguelin(1988)은 최초로 번역물 감수 수업을 개설한 캐나다 몬트리올 대학교의 번역 석사과정37)에서 10년 이상 감수를 교육한 경험을 바탕으로 번역물 감수수업의 구체적인 구성, 운영방법 등을 비교적 상세하게 설명하고 있다. 논문의 대부분은 수업의 구성을 설명하는 것에 할애되어 있으며, 이러한 교육방식이 실질적인 효과를 거두었다는 점을 강조하고 있다.

Horguelin(1988)이 소개하는 감수 수업은 크게 이론과 실습으로 나누어진다. 우선 이론 수업에서는 네 가지 주제를 다루게 된다. 첫째, 번역물 감수의 개념과 기타 품질평가 관련 개념을 설명하고 번역물 감수의 역사를 간단하게 소개함으로써, 향후 학습에 필요한 기본 개념을 정립하는 것이다. 이러한 작업이 완료된 후에는 두 번째로 번역물 감수의 기준, 번역물 감수의 원칙, 감수 작업 시 빠지기 쉬운 함정, 번역물 감수 사례 연구 등을 설명한다. 세 번째로는 직업으로서의 감수, 즉 실제 번역시장에서의 감수자의 상황 제약 조건들을 설명하며, 네 번째로는 교정부호를 설명하고 숙지하도록 하는 것이다. 한편 실습의 경우에는 크게 번역물 감수실습과 교정실습, 그리고 빈번하게 발생하는 번역오류를 수정하는 연습 등으로 구성되며, 가능한 다양한 텍스트 유형을 대상으로 감수를 하도록 하되, 명백한 오류를 고치는 '오류수정'과 텍스트의 가독성을 높이는 '개선' 작업을 명확히 구분하는 것이 관건이라고 설명하고 있다. 이 밖에도 저자는 감수교육이 번역학습의 초기가 아닌 마지막 학년에 시행되어야 한다고 설명(p.254)하고 있으나 그 이유에 대해서는

---

37) 몬트리올 대학교의 번역교육은 인문학부(Faculté des arts et des sciences)산하 언어인문학계열(Lettres et sciences humaines)의 언어학 및 번역학과(Linguistique et traduction) 내의 석사과정으로 개설되어 있다.

설명하지 않는다.[38] Horguelin(1988)은 번역물 감수교육을 통하여 학생
들이 스스로의 수정사유를 늘 정당화하고, 이를 위해 다양한 문헌들을
참고하여 자신의 판단이 맞는지를 검증하는 과정에서, 감수, 번역, 교정
등 다양한 업무에 익숙해질 수 있을 뿐 아니라, 자신이 선택한 것을 설
명하는 과정에서 학생들 간의 활발한 의견교환이 이루어지게 된다고 설
명하고 있다(pp.256-257).

2) Mossop(1992)이 제안한 번역물 감수교육

Mossop(1992)은 몬트리올 대학교를 필두로 번역교과과정에 감수 과
목이 개설되기 시작한 시점으로부터 일정 시간이 흐른 뒤의 상황을 설명
하고 있다. 저자의 논문은 캐나다의 총 10개 통 번역 학교에서 감수를
가르치고 있는 교사들에게 설문지를 보내어 7개를 회수, 분석한 결과를
자신의 경험과 종합하여 정리하면서, 감수수업의 효용과 구성을 설명하
는 방식으로 구성되어 있다. 우선 저자는 설문지의 분석결과 번역물 감
수 수업은 첫째, 비판적 시각을 기르고, 둘째, 번역에 대한 이해를 증진
시키며, 셋째, 번역능력을 향상시키고, 넷째, 도착어 표현력을 향상시키

---

38) 그러나 이것은 어디까지나 1980년대의 상황이므로 1970년대에 처음 개설된 번
역물 감수교육이 30여 년의 시간이 지난 오늘날 어떠한 방식으로 수행되고
있는지를 살펴볼 필요가 있다. 2005년 현재 몬트리올 대학교의 번역교육 과
정에는 여전히 감수 과목이 개설되어 있다. 몬트리올 대학교의 교과과정은 6
개월에서 2년까지 개별 학생들의 상황에 따라 조절할 수 있으며 1기, 2기, 3
기의 세 단계로 나누어져 있다. 이 중 번역물 감수 관련 수업은 1기와 2기에
'감수와 품질관리', '텍스트 감수', '글쓰기 및 고급감수' 등 총 3개의 과목이
개설되어 있다(부록 8 캐나다몬트리올 대학교 번역교육 커리큘럼 참조). 최종
단계인 3기의 경우 수업의 경우 강독과 논문준비에만 할애되어 있다는 점을
감안하더라도, 초기 Horguelin(1988)이 주장했던 것과는 달리 번역학습 초기와
중기에 감수교육이 시행되고 있다는 점이 큰 변화라고 할 수 있겠다.

며, 다섯째, 감수자의 업무에 대한 이해를 제고하는 등 다섯 가지 측면에서 기여한다고 정리한다(p.81). 뒤이어 저자는 번역물 감수 수업의 목표를 세 가지로 분류 정리한 후, 각각의 목적을 달성하기 위해 염두에 두어야 할 세부 목표들을 제시하고 있다. 우리는 여기서 저자가 설명한 감수수업의 세 가지 목표(혹은 주제)를 소개하고 각각의 하위 세부 목표들을 살펴보고자 한다.

번역물 감수 수업의 첫 번째 목표는 전문번역사로 일하기 위한 준비 작업으로서의 감수이다. 여기서는 총 세 가지의 하위목표를 달성하여야 한다. 첫 번째는 재번역(retranslating)이 아닌 감수(revising)가 무엇인지를 깨닫도록 하는 것이다. 자신의 취향에 맞지 않는 번역문들을 모두 바꾸는 것이 아니라 문제가 있는 부분을 정확히 짚어내어 바꿀 수 있어야 한다는 것이다. Mossop(1992)은 이 과정에서 학생들이 타인의 번역을 존중하는 방법을 습득하게 된다고 설명한다.

Students must learn to see that other people's solutions to translation problems are valid, and they must overcome the habit of assuming that, of two possible wordings, one must be right and the other wrong, or at any rate one must be better(p.83).

이어 두 번째 하위목표는 번역물 감수 과정에서 스스로 수정한 내용의 타당성을 입증하는 능력을 터득하도록 하는 것이다. 막연한 방식이 아닌 구체적이고 명확한 방식으로 수정 사유를 설명하도록 함으로써, 불필요한 개입을 자제할 수 있어야 한다는 것이다. 이는 앞서 살펴본 Horguelin (1988)의 '오류수정' 및 '개선' 구분과도 일맥상통하는 것으로, 명백한 오류를 '수정'하는 것이 아닌 '개선'의 경우 개입에 신중해야 함을 강조하고 있다.

세 번째 하위목표는 효율적인 방법으로 자기감수(self-revision)를 할 수 있도록 해야 한다는 것이다.

감수 수업의 두 번째 목표는 텍스트를 읽고 원문 없이 감수하게 하는 연습이다. 저자는 이를 감수교육의 일환으로 설명하고 있으나 이는 엄밀히 말하면 감수라기보다는 검독이나 교정, 혹은 편집의 영역에 속한다고 볼 수 있다. 이는 도착어 편집(editing) 작업에 익숙해지도록 함으로써 보다 독자의 입장에서 텍스트를 읽을 수 있도록 하는 것이다. 여기서 달성해야 할 첫 번째 하위목표는 최종 독자의 입장에서 텍스트를 바라볼 수 있게 하는 것이다. 이는 후에 Ammour(2002)도 지적하는 것으로, 원문 없이 번역문만을 읽을 경우, 원문으로부터의 구속이 없으므로 보다 객관적인 독자의 눈으로 텍스트를 읽을 수 있다는 것이다. 두 번째 하위목표는 텍스트를 단어, 문장 차원이 아닌 보다 큰 단위로 바라볼 수 있게 하는 것이며, 세 번째 하위목표는 도착어의 정확한 구사법을 익히게 하는 것이다.

이어 세 번째 목표는 글쓰기 연습이다. 여기서는 번역과정에서 왜 감수가 필요한지를 이해하는 한편 감수나 편집을 담당하고 있는 권위 있는 기관들의 역할 및 기능을 설명하게 된다.

이상과 같이 저자는 번역물 감수교육에서 다루어져야 할 내용을 전문 번역사의 업무수행을 위한 감수교육, 편집 교육, 글쓰기 교육 등 세 가지로 정리하였다. 저자는 각각의 비중을 65%, 30-35%, 5%로 정도로 구성한다고 설명하였다. 다시 말해 실질적인 감수 연습에 대부분의 시간을 할애하되, 교정 및 편집 훈련에도 일정 부분을 할애한다는 것이다.

Mossop(1992)은 실제 감수교육의 경험을 토대로 비교적 구체적인 방법으로 감수수업의 내용을 설명하고 있다. 그러나 감수교육이 달성해야 할 하위목표들(감수와 재번역을 구분하게 하기, 감수한 부분의 근거를 댈 수 있도록 하기, 자기 감수에 익숙해지기)이 제시되었으나, 그 목표들을 달성하기 위하여 어떤 방법론을 사용하는 것이 좋은지에 대한 구체적인 제안이 없는 것이 아쉽다.

3) Ammour(2002)가 제안한 번역물 감수교육

Ammour(2002)의 연구는 이중언어 사용국이자 번역물 감수교육의 시발지인 캐나다를 벗어나 프랑스 파리의 통역번역대학원(ESIT)에서 저자가 수행한 번역물 감수교육 경험을 소개한다는 데에 그 의의가 있다. 저자는 번역물 감수가 효율적인 번역교육의 수단이 될 수 있음을 강조하며 번역교육에 감수를 반드시 포함시킬 것을 주장하고 있다(p.55). Ammour(2002)의 연구는 비교적 최근의 상황을 소개하고 있다는 점, 교육의 내용이 구체적으로 제시되어 있다는 점에서 의미가 있다. 또한 감수 수업을 별도로 개설할 것을 전제로 하고 있는 것이 아니라, 기존의 번역수업에서 감수교육을 활용하는 방식을 사용하고 있다는 점이 캐나다의 번역물 감수 수업과 다른 점이다.

저자에 따르면, 번역학습의 초기 단계에서는 원문을 단어 치환식으로 직역하는 습관에서 벗어나도록 하는 것이 중요하므로 다른 사람의 번역문을 감수하게 하되 처음에는 원문을 나누어 주지 않고 번역문만을 바탕으로 감수하도록 하는 방법을 권한다. 단, 여기서 감수는 구두로 수행되는 감수이다. 학생들은 우선, 다른 사람이 번역한 텍스트를 보면서 자유롭게 문제점을 지적하고 이를 토론하게 된다. 우리는 이를 일단 '구두 감수(oral revision)'라 부르기로 한다. 구두 감수가 완료된 후에는 원문 텍스트를 나누어 주고 토론의 내용을 검증하도록 한다. 여기서 교사는 동일한 텍스트에 대한 여러 개의 번역문을 나누어 주고 학생들이 서로 비교해 보도록 함으로써 원문이 없는 데서 오는 한계를 보완할 수 있다고 설명한다.

En l'absence du texte de départ, la présence simultanée de plusieurs traductions permet aux étudiants de se faire une idée assez précise quant au voulour-dire de l'auteur(p.59).

원문이 없는 상태에서 여러 개의 번역문을 검토하는 과정에서 학생들은 저자가 말하고자 하는 바가 무엇이었는지를 보다 정확하게 파악할 수 있다.

구두감수가 이루어진 후 교사는 해당 텍스트의 원문을 나누어 주고 번역해 오도록 할 수 있다.

뒤이어 저자는 '감수보고서(Rapport de révison)'를 활용할 것을 제안한다. 감수보고서는 감수자가 번역문의 어느 부분을 감수하였는지를 볼 수 있도록 하기 위하여 번역텍스트의 감수 전과 감수 후, 감수 사유, 해당 오류의 범주 등을 표시하게 하는 것이다. 저자는 여기서 오류의 분류 기준으로 부정확성, 의미상의 오류, 관용적 표현, 관행, 통사적 오류, 어역 오류, 부적절한 전문용어, 비표준어 사용, 일관성, 통일성, 중복표현[39] 부정확한 어법,[40] 명확성, 철자법 오류, 구두점 오류, 부적절한 문체, 편집 오류 등을 들고 있으며, 오류의 심각성에 따라 반드시 수정해야 함(1등급), 수정하는 것이 좋음(2등급), 수정이 바람직함(3등급), 수정해도 되고 안 해도 됨(4등급)으로 나누어 표시할 것을 제안하고 있다. Ammour(2002)의 감수보고서는 대략 다음과 같은 구성이 된다(p.65).

---

39) 캐나다번역국의 언어관리국(Division des services linguistiques)(1993)의 정의에 따르면 중복표현(Pléonasme)이란 한 문장 내에 같은 의미가 중복적으로 표현되는 경우를 의미한다.
예) 대지 면적 30헥타르의 면적.
40) 캐나다번역국의 언어관리국(Division des services linguistiques)(1993)의 정의에 따르면 부정확한 어법(Barbarisme)이란 특정 언어에서 관용적으로 받아들여진 표현을 잘못 변형시켜 사용하는 것을 말한다.

표 4-1. Ammour의 감수보고서(Ammour, 2002, p.65)

감수 전	감수 후	오류 유형	등 급
The water crisis	*Water conservation*	의미오류	1

한편 원문텍스트 없이 수행하는 감수가 학습 초기에 활용될 수 있는 방법이라면, 고학년의 경우 원문텍스트와 번역텍스트를 나누어 주고 비교해 가면서 감수하게 하는 방식을 권한다. 이 경우 타 번역사가 번역한 텍스트를 감수하게 하는 방법과, 일단 학생들로 하여금 특정 텍스트를 번역하게 한 후, 자신의 혹은 동급생의 번역문을 감수하게 하는 방법이 있다고 설명한다(p.70).

Ammour(2002)의 연구는 전문대학원 수준에서 이루어지는 번역교육의 도구로서 감수를 논하고 있다는 점, 그리고 실제 감수에 사용된 텍스트와 감수 결과물을 제시하고 있다는 점, 그리고 구두감수, 감수보고서 등 감수의 교육 시 활용 가능한 구체적 개념들을 제시하고 있다는 점에서 특기할 만하다. 그럼에도 불구하고, Ammour(2002)의 연구에서는 몇 가지 보완할 점이 발견된다.

첫째, 저자가 오류의 분류 카테고리로 제시한 내용은, 제시만 되어 있을 뿐 정의가 함께 제시되지 않아 이해가 어렵다. 학생들에게 감수를 가르치는 과정에서 사용되는 용어들을 별도로 교육하지 않는 한, 이러한 분류는 별로 실용적이지 못할 것이다. 또 별도로 용어를 교육하는 과정이 지나치게 길어진다면, 그것은 감수교육의 본래적 취지에서 벗어나는 것이 될 것이다. 따라서 지나치게 세분화된 오류기준을 사용하는 것은, 감수교육의 효율성을 떨어뜨릴 우려가 있다.

두 번째는 오류의 경중에 따라 저자가 제시한 1부터 4까지의 등급 문제이다. 저자는 감수가 꼭 필요한 부분과 선택적인 부분을 구분하여 4등

급까지 두었으나 실제 저자가 제시한 감수보고서의 예에서는 4등급에 해당하는 사례는 하나도 없었다. 이는 실제 감수 과정에서 수정해도 되고 안 해도 되는 부분은 대부분 언급하지 않고 넘어가기 때문일 것이다. 그렇다면 굳이 4등급을 두는 것이 바람직한가의 문제가 제기된다. 저자 스스로 지적한 대로, 감수는 시간과 비용을 발생시키는 작업이므로, 꼭 필요하지 않은 것을 수정하는 데 시간을 낭비하는 것은 바람직하지 못할 것이기 때문이다(p.81). 이와 관련하여 앞서 Horguelin(1988)이 제시한 '오류수정'과 '개선'으로 분류하는 것이 더 효율적이라고 판단된다.

세 번째는 감수보고서의 형식에서 오는 한계이다. 저자가 제시하는 감수보고서는 원문과 번역문을 문장단위로 대조하여 볼 수 있게 되어 있다. 그런데 이러한 방식은 자칫 문장단위의 수정에 머무르게 되어 텍스트의 전체적 흐름을 간과할 우려가 있다. Mossop(1992)이 지적한 대로, 텍스트를 단어나 문장 차원이 아니라 좀더 넓은 차원에서 바라보도록 하는 것이 감수의 기본 취지 중 하나라면, 이러한 형식의 감수보고서는 그 나름의 효율성은 있을지언정, 그에 따른 부작용도 있을 것으로 보인다.

3. 번역물 감수교육 모델의 도출

1) 번역물 감수교육 모델 도출의 원칙

이상과 같이 우리는 번역물 감수교육 모델을 도출하는 데 필요한 요소들을 살펴보았다. 본 장에서는 앞서 제2장에서 살펴본 이론적 고찰의 결과, 제3장에서 살펴본 실무적 고찰의 결과, 그리고 제4.2장에서 번역물 감수교육 사례 고찰의 결과를 종합하여 번역물 감수교육 모델을 제시하는 것을 목적으로 한다. 본 장에서 도출되는 번역물 감수 모델은 다음의 원칙들을 바탕으로 한다.

첫째, 번역물 감수교육이 효율적으로 이루어지려면, 실습뿐 아니라 이론적 요소가 포함되어야 한다. 이는 앞서 Horguelin(1988)과 Mossop(1992)을 통해서도 확인되었다. 물론 여기서 '이론'이라 함은, 번역물 감수의 기본개념에 대한 설명, 그리고 기타 번역품질평가행위와 비교 구분을 위한 설명뿐 아니라 번역시장에서의 감수자의 위상, 번역물 감수의 실제 등을 모두 포함한다. 즉 번역물 감수의 기본 개념을 비롯하여 기타 다양한 품질평가행위들을 구분할 수 있도록 하고, 번역물 감수가 번역작업과 어떻게 연계되며, 교육적으로 어떤 의미를 가지게 되는지를 이해하도록 하여야 할 것이다. 이를 위해 제2장에서 제시된 번역물 감수, 교정, 평가, 품질보증, 품질검증 등의 개념 및 번역물 감수의 기준에 대하여 번역물 감수교육의 초기에 교육할 필요가 있다고 판단된다.

둘째, 번역물 감수의 교육은 단계별로 난이도를 높여가되, 초기의 교육이 번역물 감수를 PTE로 활용하는 데 초점을 맞추어서 이루어진다면, 후반기에는 전문번역사로서 향후 실제 수행하게 될 감수자로서의 역할에 대한 준비로 이루어져야 할 것이다. 예를 들어 초기에는 구두감수, ST 없는 감수 등을 통하여 단어치환식의 번역방식에서 벗어나게 하는 훈련으로 활용할 수 있으며, 이후의 단계에서는 번역물 감수를 전문적으로 수행할 수 있는 능력을 제고하기 위하여 본격적인 번역물 감수를 다양한 텍스트를 대상으로 수행하도록 하는 것이다.

셋째, 본 교육 모델은 기본적으로 감수의 방향성을 염두에 두지 않으나, 제3장의 연구결과, 국내 번역시장에서는 AB번역의 감수 및 코디네이션이 중요한 비중을 차지하고 있음을 확인하였다. 따라서 이러한 한국 번역시장의 특수성을 감안하여, 원어민 검독자나 편집자와의 협력 방식, 코디네이션 작업 방식 등도 감수교육에서 함께 다루어야 할 것이다.

넷째, 번역물 감수의 교육이 '교정' 작업과 상당 부분 중첩된다는 점을 감안해야 한다는 것이다. 교정기호를 숙지하도록 할 경우, 교사와 학생의 효율적 커뮤니케이션에 도움을 줄 것이므로 이를 교육에 활용하기로 한다.

다섯째, 제3장의 연구결과, 감수브리프의 중요성이 실무적 차원에서 확인되었으므로, 감수의 교육 상황에서도 이를 도입하여 활용할 수 있을 것이다.

여섯째, 학습단계에 따라 난이도를 높이되, 이론 교육과 실습은 초반부터 병행하다가, 일정 시점이 되면 이론의 비중을 낮추고 실습의 비중을 높이도록 해야 할 것이다.

2) 번역물 감수교육의 모델 제안

이상의 내용을 바탕으로 다음과 같은 3단계 교육 모델을 제시하고자 한다. 본 연구는 기본적으로 2년제 통역번역전문교육기관의 번역교과과정에 적용되는 것을 전제로 한다. 단, Horguelin(1988)이나 Mossop(1992)이 제안한 경우처럼 번역물 감수과목을 별도로 개설해야 할 것인지, 혹은 Ammour(2002)의 경우처럼 일반 번역수업에서 번역물 감수를 번역교육의 수단으로 활용해야 할지 등의 행정적 논의들은 논외로 하고 본고에서는 번역물 감수교육을 총 3단계로 나누어 제시하도록 하고, 추후 상황에 따라 유연하게 적용하도록 한다.

(1) 번역물 감수교육의 1단계

번역물 감수교육의 제1단계에서의 교육목표는 크게 두 가지로 설정된다. 첫 번째는 번역물 감수 및 기타 번역품질평가 관련 개념들을 정확히 인식하는 것이며, 두 번째는 PTE로서 번역물 감수를 활용하는 것이다. 전자는 이론과정에서 후자는 실습과정에서 다루어지게 된다.

우선 제1단계의 이론수업의 경우, 다음의 사항들을 다루도록 한다.

첫째, 번역물 감수를 포함한 다양한 번역품질평가행위들에 대한 개념적 이해가 이루어지도록 한다. 여기서 중요한 것은 다양한 번역평가행위들의 개념을 설명함으로써, 번역물 감수가 교정, 비평, 포스트에디팅, 평가, 품질보증, 품질검증 등의 개념들과 어떻게 다른지를 명확히 이해하도록 하는 것이다. 이를 위해서는 제2.1장의 이론적 고찰 결과를 정리한 부록 1의 용어 정리를 참고한다.

둘째, 번역물 감수의 기준을 이해하도록 한다. 이를 위해서는 제2.2장에서 제시된 번역물 감수의 4대 기준, 즉 전달, 언어규범, 가독성, 기능적 적합성 등의 개념을 이해하도록 한다.

셋째, 교사와 학생들이 원활한 커뮤니케이션이 이루어질 수 있도록, 교정부호들을 숙지하도록 하고, 편집 및 교정과 관련한 기본적인 지식을 습득하도록 한다. 여기서는 맞춤법, 띄어쓰기의 원칙도 함께 교육한다.

이어 제1단계의 실습수업에서는 PTE로서의 번역물 감수교육에 초점을 맞춘다. 즉 본격적인 번역수업에 들어가기 전에, 원문텍스트의 구속에서 벗어나 번역텍스트를 독립적 텍스트로서 접근하도록 하는 것을 목표로 한다. 여기서는 '구두감수'와 '원문 없는 감수'를 기본축으로 연습한다. '구두감수'란 원문 없이 번역텍스트를 나누어 주고, 학생들이 자유롭게 번역텍스트에 대해 논의하도록 한 후에 원문텍스트를 나누어 주고 비교해 보도록 하는 것이다. 여기서 감수대상 텍스트는 학생들이 번역한 텍스트, 혹은 고학년이 번역한 텍스트를 사용한다. 학생들은 우선 번역문을 보면서 무엇을 왜 수정하고 싶은지를 설명하고, 교사는 학생들의 의견을 종합하고 정리하는 역할을 한다.

구두감수 이후에는 학생들이 과제물로 감수본을 제출하도록 할 수도 있다.

혹은 동일한 텍스트에 대한 여러 개의 번역문을 비교 대조해 가면서, 원문의 공백을 메우도록 하는 방법도 사용할 수 있겠다. 원문을 주지 않고 번역텍스트를 감수해 오도록 한 후, 원문과 대조하여 함께 검토한다. 논의가 충분히 진행된 후에 원문을 나누어 주고, 원문과 대조해 가면서 최종적으로 확인을 하도록 한다.

(2) 번역물 감수교육의 2단계

앞서 제1단계에서 번역물 감수교육에 필요한 기본적 개념을 습득하고 난 후, 제2단계에서 이론보다는 실습의 비중을 다소 높인다. 제2단계의 교육 목표는 국내 번역시장에서의 번역물 감수의 현황 및 감수자의 역할 등을 파악하는 한편, 기본적인 감수실습을 통하여 번역물 감수의 기본적 방법론을 익히도록 하는 것이다.

학생들에게는 원문과 번역문이 함께 주어지고 학생들은 1단계에서 익힌 기본 개념을 토대로 비교적 난이도가 낮은 번역텍스트의 감수를 수행한다. 여기서는 주로 학생들이 번역한 텍스트, 혹은 전 학년이 번역한 텍스트, 혹은 전문번역사가 번역한 텍스트 중 난이도가 비교적 낮은 텍스트를 사용한다.

원문과 번역문을 함께 제시한 후 주어진 텍스트를 감수해 오도록 한다. 필요에 따라 구두감수를 거칠 수도 있고, 구두감수 없이 감수를 해오도록 할 수도 있다. 여기서 중요한 것은 감수자가 꼭 개입해야 하는 대목은 어디이며, 불필요한 개입이 무엇인지를 정확히 인식하도록 하는 것이다. 이를 위해서는 Ammour(2002)가 제안한 감수보고서를 활용하되, 감수의 사유를 지나치게 세분화하는 대신, '오류수정'과 '개선'으로 나누어 표시하도록 한다. 일차적으로는 번역문의 명백한 오류들이 효율적으로 수정되도록 하는 데에 집중하고, 문체나 가독성을 개선하기 위한

개입의 경우, 최대한 번역자의 스타일을 존중하면서 효율적으로 이루어
질 수 있도록 한다. 다시 말해 학습의 초기에는 주로 '전달' 기준에 집
중하도록 하고, 이후에는 기타 기준들, 즉 언어규범이나 가독성, 기능적
적합성 여부를 평가하도록 한다. 또한 감수보고서의 경우 문장단위의 대
조에 치우칠 우려가 있으므로, 텍스트 전체의 가독성 등을 평가하는 부
분을 별도로 마련한다.

앞서 제3.3장에서 전문번역사들에게 감수 의뢰하였던 번역텍스트의 감
수보고서를 아래와 같은 방식으로 작성해 볼 수 있을 것이다.

표 4-2. 감수보고서 모델

원 문	번역문	감수 결과	감수 기준 및 사유
문장 1). Aujourd'hui, il n'existe rien pour condamner les propos discriminatoires autres que racistes et xénophobes.	오늘날, 프랑스에는 인종차별적이거나 외국인을 혐오하는 발언에 대해 처벌할 수 있는 법적 장치가 없다.	오늘날, 프랑스에는 인종차별적이거나 외국인을 혐오하는 발언 외에 다른 차별적 발언에 대해 처벌할 수 있는 법적 장치가 없다.	전달/ 오류수정
문장 4). Certes, la loi prévoit des sanctions lorsqu'il s'agit d'actes de discriminations homophobes ou sexistes; mais il existe un vide juridique pour les discours.	물론, 동성애 혐오적이거나 성차별적인 행위에 대해서는 이를 처벌할 수 있는 법이 있다. 하지만 말의 경우 이를 처벌할 법적 장치는 없다.	물론, 동성애 혐오적이든 성차별적이든, 차별적 행위를 처벌할 수 있는 법은 존재하지만, 차별적 발언을 처벌할 만한 법적 장치는 없다.	가독성/개선

물론 감수보고서는 앞서 지적한 바와 같이, 문장단위의 분석에만 치중
하게 될 우려가 있으므로, 텍스트 전체 차원에서의 가독성이나 기능적
적합성 평가도 평행되어야 할 것이다.

(3) 번역물 감수교육의 3단계

번역물 감수교육의 마지막 단계에서는 전문 감수자로서의 역량을 제고하는 것을 목표로 한다. 제3단계는 주로 감수실습 위주로 구성되며, 구성 요소는 다음과 같다.

첫째, 난이도가 높은 다양한 유형의 텍스트를 감수하는 감수실습을 위주로 구성된다. 자료조사나 주제 지식이 필요한 전문적 텍스트를 선정하여, 번역의 품질을 효율적으로 향상시키는 연습을 한다. 여기서는 일정 품질 이상의 번역문을 선정한다.

둘째, 국내 번역물 감수 시장의 현실을 감안하여, AB번역물의 감수[41] 및 원문을 모르는 원어민과의 협력, 코디네이션 등의 작업에 익숙해지도록 한다. 특히 코디네이션의 경우, 주로 대규모 번역프로젝트를 중심으로 이루어지므로, 효율적으로 용어를 통일하고, 전체적인 일관성을 꾀하기 위한 업무 분담 방식 등이 논의되는 것이 바람직할 것이다.

셋째, 최대한 실제 감수의 상황과 유사하도록 하려면, 구체적인 감수 브리프를 제시하고, 이를 감안하여 작업하는 연습을 하도록 한다.

이상과 같이 번역물 감수교육의 3단계를 제시하였다. 이를 다음과 같은 그림으로 정리할 수 있다.

---

41) Ammour(2002)는 외국어를 도착어로 하는 번역의 경우, 예상과는 달리 학생들이 뛰어난 감수능력을 보여주고 있으며, 따라서 감수의 방향과 상관없이 감수가 번역교육차원에서 효율적인 수단이 될 수 있음을 강조한 바 있다(p.80).

번역물 감수교육 1단계: 이론 〉 실습

➢ **학습목표**
  ‑ TQA 개념적 이해
  ‑ 번역물 감수의 PTE로서의 활용
➢ **이론**
  ‑ TQA 개념 설명, 감수의 정의 및 기준, 교정부호, 맞춤법, 띄어쓰기
➢ **실습**
  ‑ 원문 없이 구두감수
  ‑ 동일한 텍스트에 대한 여러 개의 번역문 감수

번역물 감수교육 2단계: 이론 〈 실습

➢ **학습목표**
  ‑ 번역물 감수의 기본적인 방법론 습득
  ‑ 감수시장 파악, 감수자의 역할 이해
➢ **이론**
  ‑ 감수의 역할 및 감수 현황
➢ **실습**
  ‑ 감수보고서작성
  ‑ 다양한 감수실습

번역물 감수교육 3단계: 실습

➢ **학습목표**
  ‑ 전문감수자로서의 역량 제고
  ‑ 다양한 감수 유형 실습
➢ **실습**
  ‑ 다양한 유형의 텍스트 감수, 감수브리프
  ‑ 코디네이션, AB번역 감수, 원어민과의 협력

그림 4-2. 번역물 감수교육 3단계 모델

물론 이상에서 제시된 번역물 감수교육 모델은 학생들의 수준, 번역교육의 전체적 커리큘럼, 번역시장의 상황, 감수교육의 도입 시기 등 다양한 변수에 따라 적절히 조절하여 적용하여야 할 것이다. 그러나 중요한 것은 이제까지의 연구결과를 토대로, 번역물 감수교육의 모델로 제시하고, 이를 실제 교육 현장에서 활용해 본 후 구체적 문제점이나 미비점을 보완해 나가는 데에 있다고 판단된다.

V

결 론

　본 연구는 번역물 감수가 번역의 품질을 제고하기 위한 중요한 실무적 행위임에도 불구하고 현재까지 번역학 내에서 깊이 있는 연구의 대상이 되지 못하고 있음에 주목하고, 번역물 감수의 이론적 측면과 실제의 측면을 포괄적으로 고찰하고, 이를 바탕으로 번역물 감수교육의 모델을 제시하고자 하였다. 본 연구의 결과 및 의의를 정리하면 다음과 같다.

　첫째, 제2장에서는 번역물 감수의 정의 및 기준에 대한 기존의 연구를 고찰하는 과정에서 감수와 관련된 개념상의 혼란을 확인하고 번역물 감수 개념을 기타 행위들과 구분 짓는 변별적 요소를 밝혀내었다. 이를 토대로 번역물 감수 및 평가, 품질보증, 품질관리 등의 정의를 제안하고, 번역물 감수의 4대 기준도 제시하였다.

　둘째, 제3장에서는 국내 번역시장에서의 번역물 감수에 대한 인식을 부분적으로나마 파악하고자 하였다. 이를 위해 번역업체의 감수 개념 파악을 위한 조사, 전문번역사들을 대상으로 한 면접조사, 전문번역사들의 감수 수행 관찰조사 등을 수행하였고, 그 결과 이론적 고찰 과정에서는 간과되었던 국내 번역시장의 특징들을 일부 확인할 수 있었다. 번역업체들의 번역물 감수에 대한 인식은 대부분 모호하고 불명확했으며 다양한 업체들이 합의되지 않은 개념들을 혼용하고 있음이 드러났다. 한편, 전문번역사들의 면접조사 결과, 번역사들은 주로 AB번역의 감수 혹은 코디네이션 등 다양한 유형의 감수를 수행해 본 경험이 있었으나 번역물 감수에 대한 명확한 인식이 있는 것으로 보기는 어려웠다. 전문번역사의 번역물 감수 수행 관찰 결과, 번역물 감수의 효율성 문제 및 방법론상의 문제가 제기되었다. 제3장의 고찰을 통하여 번역물 감수가 실무적 차원에서 매우 중요한 요소이며, 따라서 번역물 감수를 하나의 전문적 행위로 인식하고 전문번역사들이 이에 대비할 수 있도록 하는 작업이 필요하다는 점이 드러났다.

제4장에서는 번역능력을 '선택'과 '결정'의 능력으로 바라보는 오늘날의 논의들을 고찰하고, 감수능력과 번역능력을 연결지어 생각해 보았다. 또한 번역물 감수를 번역교과과정에 도입한 사례들을 검토하였으며, 이를 토대로 번역물 감수교육의 3단계 모델을 제시하였다.

본 연구는 번역물 감수에 대해 이론과 실제, 번역교육을 통합한 새로운 접근을 시도했다는 점에서 그 의의를 찾고자 한다. 특히, 현재 번역학계에서 이루어지고 있는 이론적 담론이 번역현장 및 번역교육과 긴밀하게 연결되지 못하고 있다는 점을 문제로 인식하고, 번역물 감수의 이론적 측면, 번역물 감수의 실제 측면, 번역물 감수와 번역교육의 세 부분을 포괄적으로 접근한 본 연구는 기존의 번역학적 논의에서 확인된 이론과 실제, 번역교육 간의 '단절' 혹은 '공백'을 메우고자 하는 시도라는 점에서 그 나름의 의의가 있다고 생각된다. 물론 앞서 설명한 바와 같이, 오늘날의 번역학의 연구단계에서 어떤 연구모델이 이상적인가, 혹은 필요한가라는 질문에 본 연구가 감히 정답이 될 수는 없다고 생각된다. 다만, 오늘날 번역학 연구에 참여하고 있는 연구자들 중 상당수가 번역의 실무경험과 번역교육의 경험도 보유하고 있는 상황에서 이들이 번역이론에 대해 관심을 가지게 된 것은 번역을 수행하는 과정에서 혹은 번역교육과정에서 제기된 문제점들에 대한 체계적인 해결책을 모색하는 과정에서였을 것임을 기억하고자 한다. 이러한 측면에서 볼 때, 이론과 실제, 번역교육을 통합적으로 접근한 본 연구방식의 의의는 새로운 접근을 제안한 데에 있다기보다는, 번역실무 및 번역교육 경험을 보유한 연구자들 중 다수가 이미 실험하고 있는 접근방식을 실제 연구를 통하여 실험해 본 데에 있다고 하겠다.

이와 같은 학문적, 연구방법론적의 의의에도 불구하고 본 연구는 몇 가지 점에서 한계를 지니고 있으며 이에 따른 추가적인 연구 과제를 제시하고 있다.

첫째, 본 연구에서는 기본적으로 번역물 감수에만 초점을 맞추다 보니, 기타 번역품질평가행위들, 즉 평가, 교정, 검독, 품질보증, 품질관리 등의 개념에 대해서는 일차적 정의만을 제시하고 있는 상태이다. 이는 지나치게 논의의 폭을 확대하여 번역품질평가행위에 관한 논의 전체를 다루고자 할 경우, 자칫 논지가 흐려질 것을 우려해서였다. 그러나 실제 번역시장에서는 번역사 혹은 감수자들에 의해 이러한 다양한 행위들이 명확한 구분 없이 수행되고 있으므로, 이상의 개념들에 대한 추가적 고찰을 통하여 번역시장에서 이루어지고 있는 다양한 번역품질평가행위들을 보다 총체적으로 파악할 필요가 있다.

둘째, 본 장에서는 번역물 감수의 실제를 파악하기 위하여 번역업체, 전문번역사, 불한 전문번역사들을 대상으로 자료조사, 면접조사 등을 수행하고 이를 통해 수집한 자료들을 분석하였다. 그런데 연구대상이 제한적이었던 만큼, 향후 연구의 규모를 확대하여 연구결과를 검증, 확인할 필요가 있다. 특히 번역업체에 대한 연구의 경우, 이들의 온라인상의 자료에만 의존하고 있으므로, 이들 번역업체들이 실제로도 온라인상에 표방한 대로 번역물 감수를 수행하는지 여부를 확인해 보고, 보다 많은 번역업체들을 대상으로 번역물 감수에 대한 인식을 조사해 볼 필요가 있다. 한편 전문번역사들을 대상으로 한 면접조사의 경우에도 피면접자의 수를 보다 확대하고, 언어, 감수의 방향, 혹은 번역 분야에 따라 유의한 차이점이 드러나는지를 확인할 필요가 있다. 마지막으로 전문번역사들의 감수 수행 관찰의 경우, 실험대상으로 선정된 불한 번역사들이 국내에서 활동하고 있는 전문번역사 전체를 대표할 만큼의 대표성을 가지는가의 문제를 제기할 수 있다. 다시 말해서 이들에게서 발견되는 감수방법론상의 특성 혹은 개선점들을 전문번역사 전체로 일반화시킬 수 있는가의 문제가 제기된다. 불어라는 언어적 특성이 존재할 수도 있으며, 실험결과를 일반화하기에는 피면접자 군의 규모에 한계가 있다는 점을 지적할 수도 있겠다. 따라서 가능한 다양한 언어조합으로 연구 영역을 확장해서 추후 보완할 필요가 있다.

셋째, 번역물 감수의 방향을 염두에 둔 추가적 고찰이 필요하다. 제3장 번역물 감수의 실제 고찰 과정에서 드러난 감수의 방향성에 대한 문제는 학문적 논의에서 간과되었기 때문이다. 그러나 국내 번역시장에서 AB번역의 감수가 주류를 이룬다는 점 역시 본 연구의 과정에서 드러난 사항이었다. 따라서 이후 연구에서는 감수의 방향에 따라 추가적으로 고려할 사항들이 있는지를 고찰해야 할 것이다.

넷째, 본 연구에서 제시된 교육 모델은 실제로 적용해 보고 문제점을 찾아 이를 반영하는 식으로 보완되어야 할 필요가 있다. 또한 PTE로서의 번역물 감수의 경우 학사과정에서도 도입, 응용될 수는 없는지의 문제도 추가적으로 고찰하여야 할 것이다.

다섯째, 원문을 모르는 원어민과의 협력의 문제, 그리고 코디네이션 작업의 문제 등은 번역물 감수교육의 모델에 포함되어 있기는 하나, 본 연구에서는 구체적인 교육의 방식이 제시되지 않은 상태이다. 이는 추후 연구를 통하여 보완할 필요가 있다. 즉 현장에서 번역사들이 원어민과 어떠한 방식으로 협력하며, 코디네이션 작업은 어떠한 방식으로 수행되는지 보다 상세히 파악하고, 이를 토대로 구체적 교육 방안을 모색할 필요가 있다.

결국 본 연구의 의의는 앞으로 논의되어야 할 많은 문제를 제기했다는 데에 있다. 번역행위가 그렇듯, 번역물을 감수하는 행위 역시 감수자의 주관성을 완전히 배제할 수 없는 개인적이고 주관적인 행위이다. 따라서 번역의 품질에 관한 논의가 자연과학에서처럼 완전히 객관화될 가능성은 희박하다. 그러나 번역 품질의 문제, 그리고 번역품질을 제고하기 위한 구체적 행위인 번역물 감수의 문제는 명확한 정답을 제시하는 것이 학문적으로 가능한가의 여부에 관계없이 번역시장에서, 그리고 번역사가 번역업무나 기타 번역품질과 관련된 다양한 업무를 수행하는 과정에서 끝없이 제기되고 있는 문제이다. 이러한 논의를 학문적 연구의 장으로 끌어들이는 것이 필요한 이유는, 언젠가는 번역의 품질에 대한 완벽한 합의가 이루어질 것임을 전제하기 때문이 아니라, 번역 품질에 관한 이러한 논의의 과정 자체가 번역 및 번역품질에 대한 인식의 제고에 기여할 것으로 믿기 때문이다. 본 연구가 그러한 논의 과정에 기여할 수 있기를 기대한다.

참고문헌

김렬. (1999). 『사회과학 조사방법론』. 서울: 박영사.

김응렬. (2001). 『사회조사방법론의 이해』. 서울: 고려대학교 출판부.

김진아, 성초림, 이상원, 이향. (2000). 번역물의 품질과 품질평가의 필요성에 관한 고찰. *논문집*, 4, 163-184.

김진아, 성초림, 이상원, 장현주, 이향. (2002). 번역 품질평가에 관한 소고. *외국문학연구*, 11, 86-123.

논문작성법편찬위원회. (2003). 『학술논문작성법』. 대구: 계명대학교출판부.

사회문화연구소. (1996). 『사회조사의 연구방법』. 서울: 동 연구소.

성초림, 이상원, 이향, 장현주. (2000). 번역 교육 현장에서의 번역물 품질평가: 한국외대 통역번역대학원 교강사 설문을 중심으로. *번역학 연구*, 2(2), 37-56.

심재기. (1993). 최근 문학번역이론의 흐름과 번역비평의 나아갈 길. *번역연구*, 1, 67-104.

안정효. (1996). 『번역의 테크닉』. 서울: 현암사.

언어정보개발연구원. (1998). 『연세한국어사전』. 서울: ㈜ 두산 동아.

이경희. (2001). 『연구조사방법론』. 서울: 민영사.

이상원. (2005). 한국 출판 번역 독자들의 번역 평가 규범 연구. *박사학위논문*, 한국외국어대학교, 서울.

이석규 외. (2002). 『우리말답게 번역하기』. 서울: 도서출판 역락.

이승재, 성초림, 이계연, 이향, 김영진, 장현주, 이상원. (2000). 국내 공공기관의 번역 현황. *번역학연구*, 2(2), 57-107.

이 향. (2003). 번역물 감수의 정의. *국제회의 통역과 번역*, 5(1), 163-181.

이 향. (2004). 번역물 감수 기준의 변천 고찰. *국제회의 통역과 번역*, 6(2), 59-79.

이혜승. (2004). 노-한 은유번역과 번역전략 연구. 박사학위논문, 한국외국어대학교, 서울.

최정화. (1988). 『통역입문』. 서울: 신론사.

최정화. (1989). 『통역의 실제』. 서울: 신론사.

최정화. (2001). 『통역번역 노하우. 서울: 넥서스.

Durieux, C. (1998). 『전문번역 어떻게 가르칠 것인가?』 (박시현 & 이향 역). 서울: 고려대학교 출판부. (원서출판 1988).

Mason, J. (1999). 『질적연구방법론』(김두섭 역). 서울: 나남출판사. (원서출판 1996).

Al-Quinai, J. (2000). Translation quality assessment.: Strategies, parameters and procedures. *Meta, 45*(3), 497-519.

Ammour, E. (2002). La révision comme outil de réfléxion en traduction. In F. Israël (Ed.), *Identité, Altérité, Equivalence?*: La traduction comme relation(pp.55-82). Paris & Caen: Lettres modernes minard.

Arrojo, R. (1998). The revision of the traditional gap between theory & practice & the empowerment of translation in postmodern times. *The Translator, 4*(1), 25-48.

Arthern, J. (1983). Judging the quality of revision. *Lebende Sprachen, 2,* 53-57.

Bachman, L. (1990). *Fundamental considerations in language testing.* Oxford: Oxford University Press.

Baker, M. (1992). *In other words.* London: Routledge.

Baker, M & Malmkjær, K (Eds.). (1998). *Routledge Encyclopedia of translation studies.* London & New York: Routledge.

Bell, R. (1991). *Translation and translating: Theory and practice.* London & New York: Longman.

Berman, A. (1996). *Pour une critique des traductions.* Paris: Gallimard.

Bonthrone, R. (1998). The quality wars. *Language International,* 10(2), 12-15.

Bowker, L. (2001). Towards a methodology for a corpus-based approach to translation evaluation. *Meta, 46*(2), 345-363.

Brunette, L. & Horguelin, P. (1998). *Pratique de la révision.* Québec: Linguatec.

Brunette, L. (2000). Towards a terminology for translation quality assessment: A comparison of TQA Practices. *The Translator, 6*(2), 169-182.

Campbell, S. (1998). *Translation into the second language.* New York: Longman.

Cary, E. (1963). L'indispensable débat. In E. Cary & R. W. Jumpelt (Eds.), *Quality in Translation*(pp.21-49). New York: Pergamon Press.

Catford, J. C. (1965). *A linguistic theory of translation.* London: Oxford University Press.

Chesterman, A. (1997). *Memes of translation: The spread of ideas in translation theory.* Amsterdam & Philadelphia: John Benjamins.

Chesterman, A. (1998). Reviews of Hans, J. Vermeer: A skopos theory of translation(some arguments for and against). *Target, 10*(1), 155-159.

Chesterman, A. (1999). Description, explanation, prediction: A response to Gideon Toury and Theo Hermans. In C. Schäffner(Ed.), *Translation and norms*(pp.90-97). Clevedon: Multilingual Matters.

Chesterman, A. (2000). What constitutes "progress" in Translation Studies? In B. E. Englund Dimitrova (Ed.), *Översättning och tolkning*. Rapport från ASLA: Shöstsymposium, Stockholm, 5-6 November 1998. Uppsala: ASLA, 33-49.

Chesterman, A. (2001). Empirical research methods in translation studies. *Erikoiskielet ja käännösteoria*(VAKKI-symposiumi XX), 27, 9-22.

Chesterman, A. & Arrojo, R. (2000). Shared ground in translation studies. *Target, 12*(1), 151-160.

Darbelnet, J. (1977). Niveaux de traduction. *Babel, 23*(1), 6-17.

Delisle, J. (1980). *L'analyse du discours comme méthode de traduction: Initiation à la traduction française de textes pragmatiques anglais.* Ottawa: Les Presses de l'Université d'Ottawa.

Delisle, J. (1993). *La traduction raisonnée: Manuel d'initiation à la traduction professionnelle de l'anglais vers le français.* Ottawa: Les Presses de l'Université d'Ottawa.

Delisle, J. (Ed.). (1998). *L'enseignement de la traduction, la traduction dans l'enseignement. Ottawa*: Les Presses de l'Université d'Ottawa.

Delisle, J. Lee-Jahnke, H, & Cormier, M (Eds.). (1999). *Translation terminology.* Amsterdam & Philadelphia: John Benjamins.

Didaoui, M. (1998). To revise or not to revise: That is the question. *Proceeding of 7th seminar on translation theory and applications.* United Nations Office at Vienna. Vienna International Center. 30 October 1998. Retrieved May 5, 2005, from the World Wide Web: http://jiamcatt.unsystem.org/restrict/jiam2001/proceedings/7content.htm.

Didaoui, M. (2004). Should the revision concept be revised? A paper presented at the Conference on translating with Computer- Assisted Technology: Changes in research, teaching, evaluation and practice, Rome, 14-16 April 2004. Retrieved May 5, 2005, from World Wide Web: http://jiamcatt.unsystem.org/ english/resource.htm#studies.

Division des services linguistiques, Service gouvernementaux Canada. (1993). *Contrôle de la qualité des traductions: Cahier d'information.*

Dollerup, C. & Lindegaard, A. (Eds.). (1992). *Teaching translation and interpreting: Training, talent and experience.* Amsterdam: John Benjamins.

Durieux, C. (1998). Translation quality assessment. Retrieved May 5, 1999, from http://www.un.or.at/tes/seminar/2trnstrm.htm.

Durieux, C. (1998). Translation quality assessment. Proceeding of 7th seminar on translation theory and applications. United Nations Office at Vienna. Vienna International Center. 30 October 1998. Retrieved May 5, 2005, from World WideWeb/http://jiamcatt.unsystem.org/restrict/jiam2001/proceedings/7content.htm.

Encyclopaedia Britannica, Inc. (1986). *Webster's third new internatinal dictionary of the English language Unabridged.* Chicago, Auckland, Geneva, London, Manila, Paris, Rome Seoul, Sydney, Tokyo, Torondo: Encyclopaedia Brinannica, Inc.

Fan, S. (1990). A Statistical method for translation quality assessment. *Target, 2*(1), 43-67.

Gawn, P. (1988). Authenticity and quality of translation. *Meta, 33*(3), 456-460.

Gerzymish-Arbogast, H. (2001). Equivalence parameters and Evaluation. *Meta, 46*(2), 227-242.

Gile, D. (2001). L'évaluation de la qualité de l'interprétation en cours de formation. *Meta, 46*(2), 379-393.

Gouadec, D. (1981). Paramètres de l'évaluation des traductions. *Meta, 26*(2), 99-117.

Graham, J. D. (1989). Checking, revision and editing. In C. Picken (Ed.), *The translator's Handbook*(pp.59-70). London: Aslib.

Gutt, E. A. (2000). *Translation and relevance: Cognition and context.* (2nd Ed.). Manchester & Boston: St. Jerome Publishing.

Hatim, B. (2001). *Teaching and researching translation.* Harlow & New York: Longman.

Hatim, B. & Mason, I. (1990). *Discourse and the translator.* London & New York: Longman.

Hatim, B. & Mason, I. (1997). *The translator as communicator.* London & New York: Routledge.

Hatim, B.& Mason. I. (1990). *Discourse and the translator.* London & New York: Longman.

Holmes, J. S. (1972). The name and nature of translation studies. 3rd International Congress of Applied Linguistics: Abstracts. Copenhagen. In L. Venuti (Ed.), (2000). *The Translation studies reader*(pp.172-185). London & New York: Routledge.

Horguelin, H. (1988). La révision didactique. *Meta, 33*(2), 253-257.

Hosington, B. & Horguelin, P. (1980). *A practical guide to bilingual revision.* Québec: Linguatech.

House, J. (1977). A model for assessing translation quality. *Meta,* *22*(2), 103-109.

House, J. (1977/1982). *A model for translation quality assessment.* Tübingen: Gunter Narr.

House, J. (1997). *Translation quality assessment: A model revisited.* Tübingen: Gunter Narr.

House, J. (2001). Translation quality assessment: Linguistic description versus social evaluation. *Meta, 46*(2), 297-301.

Hung, E. (Ed.). (2002). *Teaching translation and interpreting 4: Building bridges.* Amsterdam & Philadelphia: John Benjamins.

Joyal, B. (1969). Initiation à la traduction par la révision. *Meta, 14*(2), 98-100.

Kiraly, D. C. (1995). *Pathways to translation.* Kent & London: The Kent State University Press.

Kussmaul, P. (1995). *Training the translator.* Amsterdam & Philadelphia: John Benjamins.

Ladmiral, J. R. (1979/1994). *Traduire: théorèmes pour la traduction.* Paris: Gallimard.

Ladmiral, J. R. (2002). La traduction, un concept aporétique?: La révision comme outil de réfléxion en traduction. In F. Israël (Ed.), *Identité, Altérité, Equivalence? La traduction comme relation*(pp.117-161). Paris & Caen: Lettres modernes minard.

Lee-Jahnke, H. (2001). Aspects pédagogiques de l'évaluation en traduction. *Meta, 46*(2), 258-271.

Malmkjaer, K. (2000). Multidisciplinarity in process research. In S. Tirkkonen-Condit, & J. Ritta (Eds.), *Tapping & mapping the process of translation and interpreting*(pp.163-170). Amsterdam: John Benjamins.

Martinez, Melis. N & Hurtado-Albir, A. (2001). Assessment in translation studies: Research needs. *Meta, 46*(2), 272-287.

Mcdonough, J. & Mcdongough, S. (1997). Research methods for English language teachers. London: Arnold.

McGroarty, M. E. & Zhu, W. (1997). Triangulation in classroom research: a study of peer revision. *Language learning*, 47(1), 1-43.

Merriam, S. B. (1988). *Case study research in education*: A qualitative approach. San Francisco: Jossey-Bass Publishers.

Mizon-M, I., & Dieguez-M, I. (1996). Self correction in translation courses: A methodological tool. *Meta, 41*(1), 75-83.

Mossop, B. (1989). Objective translational error and cultural norm of translation. *TTR, 2*(2), 55-81.

Mossop, B. (1992). Goals of a revision course. In C. Dollerup & A. Loddegard (Eds.), *Teaching translation and interpreting: Training, talent and experience*(pp.81-90). Amsterdam: John Benjamins.

Mossop, B. (1998). The workplace procedures of professional tranlsators. In A. Chesterman et al (Eds.), *Translation in context*(pp.39-48). Amsterdam & Philadelphia: John Benjamins.

Mossop, B. (2001). *Revising and editing for translators.* Manchester & Northhempton: St Jerome publishing.

Mossop, B. (2001). What should be taught at translation school? Retrieved October 1, 2005, from http://www.fut.es/~apym/symp/mossop.html.

Mossop, B. (2005). What practitioners can bring to theory?: The good and the bad. In. J. Peeters (Ed.), *On the relationships between translation theory and translation practice*(pp.23-29). Frankfurt am main & Berlin: Peter Lang.

Munday, J. (2001). *Introducing translation studies: Theories and applications.* London & New York: Routledge.

Newmark, P. (1969). Some notes on translation and translators. *Incorporated Linguist,* 8(4), 79-85.

Newmark, P. (1982). *Approaches to translation.* Oxford: Pergamon Press.

Newmark, P. (1988). *A textbook of translation.* Prentice: Hall.

Nida, E. A. (1964). *Towards a science of Translating: With special reference to principles and procedures involved in bible translating.* Leiden: E. J. Brill.

Nida, E. A. & Taber, C. R. (1982). *The theory and practice of translation.* Leiden: E. J. Brill.

Nord, C. (1991). *Text analysis in translation.* Amsterdam: Rodopi.

Nord, C. (1997). *Translating as a purposeful activity.* Manchester: St Jerome Publishing.

Olohan, M. (2000). *Intercultural Faultlines*. Manchester & Northampton: St Jerome Publishing.

Ørsted, J. (2001). Quality and efficiency: Incompatible elements in translation practice? *Meta, 46*(2), 438-447.

PACTE. (2000). Acquiring translation competence: Hypotheses and methodological problems in a research project. In A. Beeby, D. Ensinger, D, M. Presasv (Eds.), *Investigating translation* (pp.99-106). Amsterdam: John Benjamins.

Patton, M. Q. (1980). *Qualitative evaluation methods*. Beverly Hills & London: Saga publications.

Pergnier, M. (1993). *Les fondements sociolinguistiques de la traduction*. Lille: Les Presses Universitaires de Lille.

Pym, A. (1992). *Translation and text transfer*. Frankfurt: Peter Lang.

Pym, A. (1993a). *Epistemological problems in translation and its teaching*. Calaceit: Caminade.

Pym, A. (1993b). Limits and frustrations of discourse analysis in translation theory. *Revista de Filologia de la Universidad de La Languana, 11*, 227-239.

Pym, A. (2000). Why common ground is not automatically space for cooperation: On Chesterman versus Arrojo. *Target, 12*(2), 334-337.

Pym, A. (2002). Translation studies as social problem-solving. Paper based on an exchange at the conference Translating in the 21st century: Trends and prospects, Tehssaloniki, Greece,

27-29, September.

Reiss, K. ([1971]2000). *Translation criticism: The potentials & limitations: Categories and criteria for translation quality assessment*. Rhodes, E.(Trans.). Moglichkeiten und Grenzen der Ubersetzungskritik. Manchester: St. Jerome Publishing.

Rodriges, S. V. (1996). Translation quality: A housian analysis. *Meta, 31*(2), 223-227.

Sager, J. C. (1983). Quality and standards-the evaluation of translations. In C. Picken (Ed.), *The translator's handbook*(pp.121-128). London: Aslib.

Schäffner, C. (Ed.). (1998). *Translation and quality*. Clevedon & Philadelphia: Multilingual Matters.

Schäffner, C. & Adab, B. (Eds.). (2000). *Developing translation competence*. Amsterdam & Philadelphia: John Benjamins.

Scheer, G. (2003). Translators and revisers: Toward more collaboration. *국제회의 통역과 번역*, 5(2), 3-28.

Sedon-Strutt, H. (1990). The revision of translation work: Some observations. *Language International, 2*(3), 28-30.

Séguinot, C. (1990). Interpreting errors in translation. *Meta, 35*(1), 68-72.

Shuttleworth, M & Cowie, M. (1997). *Dictionary of translation studies*. Manchester: St Jerome Publishing.

Silverman, D. (2000). *Doing qualitative research: A practical handbook*. London, Thousand Oaks & New Delhi: Sage publications.

Silverman, D. (2001). *Interpreting qualitative data.* London & Thousand Oaks & New Delhi: Sage publications.

Simpson, E. (1975). Methodology in translation criticism. *Meta, 20*(4), 251-262.

Snell-Hornby, M. (1987/1995). *Translation studies: An integrated approach.* Amsterdam & Philadelphia: John Benjamins.

Thelen, M. (2005). Theory and practice in translation: Co-operation or mere co-existence? In. J. Peeters (Ed.), *On the relationships between translation theory and translation practice*(pp.41-50). Frankfurt & Berlin: Peter Lang.

Toury, G. (1980). *In search of a theory of translation.* Tel Aviv: Porter Institute.

Toury, G. (1995). *Descriptive translation studies and beyond.* Amsterdam & Philadelphia: John Benjamins.

Venuti, L. (Ed.). (2000). *The translation studies reader.* London: Routlege.

Vinay, J. P. & Darbelnet, J. (1958). *Stylistique comparée du français et de l'anglais.* Montreal & Paris & Beauchemin: Didier.

Waddington, C. (2001). Different Methods of evaluating student translations: The question of validity. *Meta, 46*(2), 311-325.

Williams. M. (1989). The assessment of professional translation quality: Creating credibility out of chaos. *TTR, 2*(2), 13-33.

Williams, J. & Chesterman, A. (2002). *The map: A beginner's guide to doing research in translation studies.* Manchester & Northampton: St Jerome Publishing.

Williams, M. (2001). The application of argumentation theory to translation quality assessment. *Meta, 46*(2), 326-344.

부 록

부록 1. 번역물 감수 관련 용어[42](가나다순)

감수가능성(Revisability): 어떤 번역물을 감수하기 전에 감수자는 해당 번역물이 '재번역'의 대상인지 혹은 적절한 감수를 통해서 개선될 수 있는지의 여부를 우선 판단하게 되는데, 해당 번역물의 품질이 일정 수준 이상이 될 경우 이는 감수가능(revisable)한 것으로 판단하며, 그렇지 않은 경우에는 재번역을 하게 된다.

감수브리프(Revision brief): 감수를 의뢰한 고객이 번역물의 감수 작업과 관련하여 명시적, 암시적으로 감수자에게 요구하거나 지시한 내용.

감수보고서(Revision report): 번역물 감수를 수행한 감수자가 감수의 구체적 내용을 고객에게 알릴 필요가 있다고 판단할 때, 자신이 수정한 내용과 수정 사유 등을 일목요연하게 정리한 자료.

검독(Checking): 오탈자나 고유명사의 잘못된 사용 등 비교적 단순한 오류들을 수정하는 작업. 번역텍스트를 대상으로 할 경우, 주로 숫자나 고유명사들을 확인하기 위해서 부분적으로만 원문과 대조함.

개선(Improvement): 감수자의 감수 업무는 주로 '개선'과 '오류수정'으

---

42) 여기서 제시된 용어정리는 본 연구의 과정에서 번역물 감수 및 기타 번역품질 관련 논의들을 종합하여 정리한 것이다.

로 이루어지는데, '개선'은 텍스트의 가독성을 높이기 위하여 문
체나 표현을 수정하는 것을 말한다.

교육적 감수(Didactic revision): 번역물 감수의 목적에 따라 교육적 감
수, 실무적 감수, 학습 감수로 구분하는데, 교육적 감수는 번역물
의 품질 향상뿐 아니라, 피감수자의 번역능력을 향상시키는 것을
목적으로 피감수자에게 감수의 내용을 설명함으로써 교육적 효과
를 얻는 감수.

교정(Proofreading): 주로 출판 예정인 텍스트를 대상으로 하며, 원문과
의 대조 없이 오탈자 수정, 교열 등을 사전에 합의된 교정기호들
로 표시해 가며 수정하여 도착어 텍스트의 완결성을 높이는 작업.

구두감수(Oral revision): 번역물 감수를 번역교육의 수단으로 활용하는
과정에서 사용하는 방법 중 하나로, 번역텍스트를 읽고 수정, 혹
은 개선할 부분을 구두로 지적하는 것.

**번역물 감수(Bilingual revision, revision of translated text, translation
revision):** 번역물을 고객에게 인도하기 전에 번역물의 품질을 향상시
키기 위하여 번역문 전체를 원문과 대조하면서 검토, 수정하는 행위.

번역비평(Translation criticism): 문학번역 혹은 출판번역을 대상으로
하는 평가나 분석행위.

번역 전 연습(PTE, Pre translation exercises): 번역교육 과정에서 본격
적인 번역수업에 들어가기 전에 번역의 기본기를 익히기 위해 하
는 다양한 훈련방법.

번역품질평가행위(TQA practices): 번역의 품질과 관련된 다양한 행위를
포괄하는 용어. 번역물 감수, 평가 등을 모두 포괄함.

실무적 감수(Pragmatic revision): 번역물 감수의 목적에 따른 감수 유
형 중 하나. 번역자와 감수자 간의 커뮤니케이션 없이 번역문의
품질 개선만을 목적으로 이루어지는 감수.

원어민 검독: 검독의 일종으로 AB번역을 원어민이 검독하는 것을 지칭함. 이 경우 해당 원어민은 원문을 알지 못하므로 번역텍스트만을 검독함.

원어민 감수: 번역물 감수의 일종. AB번역의 감수. SL을 이해하고 TL을 모국어로 하는 원어민이 ST와 TT를 대조해 가면 감수하는 것.

원어민 편집: 편집의 일종으로 AB번역을 원어민이 도착어 문화의 규범에 맞게 필요한 내용을 추가하거나 불필요한 내용을 삭제해 가면서 수정하는 것.

오류수정(Correction): 번역물 감수행위는 '오류수정'과 '개선'으로 이루어지는데 오류수정은 명백하게 틀린 부분을 감수 과정에서 바로잡는 것을 말한다.

자기감수(Self-revision): 번역사가 자신이 번역한 텍스트를 다시 읽어가며 스스로 감수하는 것.

전문가 검독: 검독의 일종. 전문성이 높은 번역물을 해당 분야의 전문가가 원문대조 없이 번역문을 위주로 읽으면서 수정하는 것.

전문가 감수: 번역물 감수의 일종. 전문성이 높은 번역물을 해당 분야의 전문가가 원문과 번역문을 비교해 가며 내용이나 용어 등을 검토하는 것.

코디네이션(Coordination): 번역물 감수의 일종. 하나의 번역물을 여러 명의 번역사가 나누어 번역한 후, 주로 용어와 문체 등을 통일하는 작업.

편집(Editing): 일정한 기획 아래 텍스트를 수집, 정리하여 구성하는 것. 번역텍스트를 대상으로 이루어질 경우 편집자는 원문의 내용과 상관없이 도착어 텍스트의 목적이나 독자에 맞게 내용을 가감하는 등 비교적 자유로운 수정을 가할 수 있다.

평가(Evaluation): 번역이 완료된 이후, 번역문의 일부 혹은 전체를 원문과 대조해 가면서 일정 기준에 따라 검토한 후, 검토의 결과를 점수로 표시하는 것. 주로 번역사 채용, 능력평가 등 조직 차원의 결정을 위한 자료로 사용됨.

포스트에디팅(Post-editing): 자동 번역된 텍스트를 검토하는 작업.

품질관리(Quality control): 고객에게 인도될 예정이거나 이미 인도된 번역물의 일부를 샘플로 취하여 번역문 위주로, 혹은 필요한 경우 원문과 번역문을 대조해 가면서 번역물이 일정 기준을 충족시키는지 여부를 검토하는 행위. 품질관리의 결과는 조직 차원의 인사관리 결정을 위한 자료가 되거나, 혹은 번역물 생산 소요시간이나 비용을 절감하기 위한 전략적 결정을 내리기 위한 자료로 사용된다.

품질보증(Quality assurance): 번역물이 완성된 후, 해당 번역물이 독립적 텍스트로서 고객의 요구에 부합하는지 여부를 판단하기 위하여 원문과 대조 없이 번역문만을 전체적으로 읽으면서 검토하는 행위.

부록 2. 번역물 감수에 대한 번역업체들의 인식조사대상 번역업체 목록

글로리코리아번역센터(www.glory-korea.com)

넷펜코리아(netpen.co.kr)

다윈번역(www.dawin21.co.kr)

랭스24번역통역센터(www.langs24.com)

멀트라번역(www2.multra.com)

미지안번역서비스(www.translatori.com)

브롱스인터내셔날(www.brongs.co.kr)

비즈랭스(www.korvent.net)

서울번역서비스(www.sts.co.kr)

시사트랜닷콤(www.sisatran.com)

아이런번역(www.i-run.net)

아이트랜스(www.itrans.co.kr)

엔터스코리아통역번역센터(www.ekitc.com)

월드통역번역센터(www.wtrans.co.kr)

인트랜스(www.intrans.co.kr)

탑트랜스(www.toptrans.co.kr)

하이터치번역(www.hi-touch.co.kr)

Ftrans(www.ftrans.com)

PHD번역연구소(www.inkorean.com)

부록 3. 번역업체별 번역물 생산과정

번호	단계 수	번역공정
1	12	번역의뢰 → 번역팀 회의 → 해당언어국가로 전송 → 교포와 현지인의 토론 번역 → 1차 번역 → 2차 번역 → 문화적 차이의 언어를 감별 수정 보완 → 현지인 감수와 수정 → 특정어, 전문용어 감별수정보완 → 국내로 전송 → 편집 → 의뢰인 검토
2	8	번역의뢰 → 용어정리 → 번역 → 편집 → 1차 감수 → 2차 교정 → 3차 감수 → 납품
3	7	프로젝트계약 → 번역지침서작성 → 번역진행 → 사용자검수 → 전산작업 → 최종검토 → 납품
4	11	번역의뢰신청확인 → 견적서발송 → 결제 확인 → 번역담당자 배정 → 용어정리→ 번역시작 → 교정작업 → 감수작업 → 고객 검수 → 납품 → 사후처리
5	10	견적/번역의뢰 → 프로젝트팀 구성 → 번역 → 1차 검수 → 2차 검수 → 원어민 감수 → DTP 편집 → 1차 납품/고객피드백 → 최종정리/편집 → 제본 여부 → 납품 → 추후보완서비스
6	8	프로젝트 수주 → 번역팀 구성 → 사전교육 → 용어집 마련 → 번역진행 → 품질관리 → 인쇄 → 납품 및 사후관리
7	16	문의 및 견적 → 계약 → 원본파일 (문서) 협의 → 작업팀 준비 → 용어집 작성 → 프로젝트 회의 → 작업팀 사전작업 → 1차 번역 → 감수 및 2차 번역 → 편집 → 3차 번역, 감수 및 편집 → 고객사 감수 → 수정 및 마무리 → 고객사 최종 감수 → 필름(dtp) 출력 → 납품
8		없음
9	9	견적 → 발주 → 작업계획 → 번역 → 감수 → 편집확인 → 납품 → 수정 → 사후관리
10	7	번역의뢰→ 팀구성 → 용어정리 → 번역 → 감수 → 고객감수 → 번역물 인도

번호	단계 수	번역공정
11	8	고객번역서비스 의뢰 → 번역팀 구성 → 오리엔테이션 → 용어정리 → 번역실시 → 감수 → 최종피드백 → 번역완료 납품
12	8	번역의뢰 → 팀구성→ 용어목록작성 → 번역 → 감수 → 고객검수 → 번역물 인도 → 납기준수 및 무료 A/S
13	7	고객 → 프로젝트팀 오리엔테이션 → 번역착수 → 1, 2차 교정확인 → 3, 4차 교정 → 의뢰자 검수 → 납품
14	12	번역의뢰 → 견적서작성 → 계약 및 결제확인 → 번역팀 구성 → 계획 및 일정수립 → 1차 번역 → 2차 번역 → 감수(분야별 전문번역사와 현지인의 감수 및 교정) → 문서편집 → 고객감수 → 납품 → 사후관리서비스
15	6	번역가 선정 및 번역팀 구성 → 용어선정 → 번역작업 → 번역감수 → 납품
16	6	고객번역의뢰 → 프로젝트팀 → 번역/교정 /감수 → 고객검수 → 납품/고객만족 → A/S
17	9	파일 또는 인쇄물 형태의 번역원문 접수 → 견적서 송부 → 비용 및 작업기간 조율 → 결제확인 → 번역팀 구성 및 번역착수 → 감수 및 교정 → 고객 Feed Back → 수정 및 최종 검수 → 납품 → AS
18	7	상담 및 견적, 번역계약체결 → 번역팀 구성 → 용어선정 → 번역작업 → 번역검수(용어, 어휘, 기술적인 면)→ 편집(선택적) → 납품(고객검수)
19	10	번역수주 → 번역자배당 → 어휘집마련 → 1차 번역완료 → 누락 여부확인 → 원어민 감수 → 감수내용검토 → 완역본 납품 → 의뢰인 요구수렴 → 수정보완납품

부록 4. 전문번역사들의 번역물 감수에 대한 인식 파악을 위한 면접조사표

INTERVIEW SCHEDULE

A. 피면접자 정보.
- 전공언어
- 번역경력
- 주요 번역 분야
- 강의경력

B. 번역물 감수 사례
- 번역 이외 기타 translation related service 해본 경험.
- 대표적 사례 소개
- 작업의 성격, 요율, 시간 등

C. 번역물 감수 방식
- 번역물 감수의 기준
- 번역물 감수의 수행방식

D. 번역물 감수 수행과정에서의 문제점.

부록 5. 전문번역사들의 번역물 감수 방식 파악을 위해 사용한 불어 텍스트 원문.

Il existe un vide à combler

Aujourd'hui, il n'existe rien pour condamner les propos discriminatoires autres que racistes ou xénophobes. On ne peut être sanctionné pour avoir dit publiquement: «Les pédés au bûcher.» Est-ce normal? Certes, la loi prévoit des sanctions lorsqu'il s'agit d'actes de discrimination homophobes ou sexistes, mais il existe un vide juridique pour les discours.

La loi sur la presse de 1881, qui protège la liberté d'expression mais sanctionne également les abus, ne doit pas s'arrêter aux propos racistes: il faut l'étendre aux propos discriminatoires à l'encontre d'individus en raison de leur sexe, de leur handicap, de leurs mœurs ou de leur orientation sexuelle. Il serait insuffisant d'en inclure une partie-tels que les propos homophobes-et pas une autre. Pour moi, le sexisme est aussi grave que l'homophobie.

D'ailleurs, l'article 225-1 du Code pénal, qui sanctionne les discriminations, ne crée pas de hiérarchie.

Certains craignent que cette loi ne porte atteinte à la liberté d'expression. Qu'ils se rassurent! Les humoristes pourront toujours jouer des sketchs misogynes plus ou moins douteux. En effet, la jurisprudence de la loi de 1881 permet d'éviter les abus.

Quant à la publicité sexiste, ce n'est pas l'objet de la proposition de loi que j'ai déposée en novembre 2003, à l'Assemblée nationale.

Je considère qu'une publicité que l'on peut qualifier de sexiste n'a pas un caractère discriminatoire: il ne s'agit pas d'un appel à la haine ou à la violence. Le Bureau de vérification de la publicité (BVP) remplit sa mission et la législation n'a pas à être modifiée.

Je suis tout sauf liberticide: je ne milite pas pour une censure préalable, mais en faveur d'une démarche d'exemplarité par la sanction, sous la responsabilité des juges.

(출처: L'Express, 2004년 5월 17일, 저자: Patrick Bloche)

부록 6. 전문번역사들의 번역물 감수 수행 관찰을 위해 사용한
한국어번역문.

여전히 법적 장치가 부족하다.

오늘날, 프랑스에는 인종차별적이거나 외국인을 혐오하는 발언에 대해 처벌할 수 있는 법적 장치가 없다. 또한 "동성애자를 화형시키자."라고 말한 경우에도 법적으로 제재할 수 있는 방법이 없다. 이러한 현상이 올바른 것인가? 물론, 동성애 혐오적 이거나 성차별적인 행위에 대해서는 이를 처벌할 수 있는 법이 있다. 하지만 말의 경우 이를 처벌할 법적 장치는 없다.

1881년 프랑스 언론에 관한 법에서는 표현의 자유를 보호하고 남용을 막고 있지만 인종차별적인 발언에 대해서는 처벌하지 못한다. 그러므로 성이 다르거나 장애가 있거나 혹은 생활 방식이 다르거나 성 정체성이 다르다는 이유로 상대방에게 차별적인 발언을 한 경우까지 범위를 확대해야 한다. 그리고 동성애 혐오 발언과 같은 어느 한 부분만을 포함하거나 아니면 또 다른 부분의 차별적인 발언만을 포함하는 것은 불충분하다. 왜냐하면 내 생각에는 성차별 또한 동성애 혐오만큼 심각하기 때문이다.

게다가 프랑스 형법 22조 1항에서는 차별에 대해 처벌하고 있지만 차별에 대한 범주는 명시하지 않고 있다.

몇몇 사람들은 이 법이 표현의 자유를 침해하지 않을까 염려한다. 하지만, 안심하십시오! 왜냐하면 익살꾼들이 다소 모호한 방식으로 여성 혐오자들을 풍자할 것이기 때문이다. 그리고 실제로 1881년 프랑스 법의 판례로 표현의 자유를 침해할 경우 이를 처벌할 수 있다.

부록 7. 감수자들에게 보낸 감수의뢰서

감수의뢰서

1. 아래의 텍스트는 프랑스 시사주간지에 실린 기사를 외대통역번역대학원 한불과 1학년생이 번역한 것입니다.
2. 불어 원문과 번역문을 비교하여 감수해 주시기 바랍니다.
3. 첨부하는 파일에 직접 수정해 주시면 됩니다.
4. 감수가 끝난 후에는 아래의 빈칸에 기재해 주시고 메일로 파일을 보내주시기 바랍니다.
5. 협조해 주셔서 감사합니다.

감수자 번역경력	년
감수 소요 시간	분
점 수	A(우수), B(보통), C(기준미달)
총 평	
감수과정에서의 문제점	

부록 8. 캐나다몬트리올 대학교 번역교육 커리큘럼

(http://www.etudes.umontreal.ca/index_fiche_prog/218512_struc.html)

영불번역 전공			
A그룹－의무과목(18학점)			
강의코드	학 점	시 간	강의명
TRA2000	3	1	언어를 위한 전산프로그램
TRA6601	3	1	현대불어의 함정
TRA6602	3	1	일반 작문 및 전문 작문
TRA6603	3	1	자료조사와 전문용어
TRA6604	3	1	번역입문
TRA6605	3	1	번역학 이론의 경향
B그룹－선택과목(12학점.)			
B₁－전문어(최소 3학점, 최대 6학점)			
강의코드	학 점	시 간	강의명
TRA2210	3	1	과학기술용어
TRA2220	3	1	상업경제용어
TRA2250	3	1	법률행정용어
TRA3265	3	1	의학제약용어
B₂－전문번역(최소 6학점, 최대 9학점)			
강의코드	학 점	시 간	강의명
TRA6606	3	1	과학기술번역
TRA6607	3	1	상업경제번역
TRA6608	3	1	법률행정번역
TRA6609	3	1	의학·약리학 번역
TRA6610	3	1	문학번역
B₃－추천 과목(최소 0학점에서 최대 6학점)			
강의코드	학 점	시 간	강의명
TRA2115	3	1	번역의 역사
TRA3590	3	1	영상번역
TRA3610	3	1	텍스트 감수
TRA6702	3	1	번역입문

불영 번역 전공

A그룹－의무과목(15학점)

강의코드	학 점	시 간	강의명
TRA6605	3	1	번역이론의 흐름
TRA6701	3	1	고급영어작문
TRA6702	3	1	번역입문
TRA6703	3	1	자료조사와 전문용어
TRA6704	3	1	감수의 기술

B그룹－선택과목(15학점)

B$_1$－전문번역(최소 6학점, 최대 12학점)

강의코드	학 점	시 간	강의명
TRA6705	3	1	문학번역
TRA6706	3	1	상업경제번역
TRA6707	3	1	과학기술번역
TRA6708	3	1	법률행정번역

B$_2$－추천 강의(최소 3학점, 최대 9학점)

강의코드	학 점	시 간	강의명
LNG2231	3	1	영어의 역사
LNG2390	3	1	영어의 사회지역적 변화
TRA2115	3	1	번역의 역사
TRA2500	3	1	일반 번역

· 저자 ·

이 향   **· 약 력 ·**

한국외국어대학교 불어과 졸업
한국외국어대학교 통역번역대학원 한불과 졸업
파리 통번역대학원(ESIT) 번역과 졸업
한국외국어대학교 통역번역대학원 통역번역학 박사

국제회의 통역사
전문번역사
한국외국어대학교 BK21 통역번역특화사업단 번역부 상임연구원(2000-2004)
한국외국어대학교 불어과 강사
한국외국어대학교 통역번역대학원 한불과 강사

· 주요논저 ·
「연구논문」

「번역물 감수의 정의」, 국제회의 통역과 번역 5(1)
「번역물 감수기준의 변천 고찰」 국제회의 통역과 번역, 6(2)
「번역능력이란 무엇인가?」, 국제회의통역과번역, 8(1)
「Révision: définitions et paramètre」 Meta, 51(2).
「Translator training:Beyond the dichotomy of theory vs Practice」, Forum 4(2)

『저서』

『필레의 사랑을 위하여』
『착한 미개인 동양의 현자』
『전문번역 어떻게 가르칠 것인가』
『통번역과 등가』
『번역론:번역에 관한 철학적 성찰』

외 다수

번역물 감수와 번역 교육

• 초판 인쇄	2007년 7월 1일
• 초판 발행	2007년 7월 1일
• 지 은 이	이 향
• 펴 낸 이	채종준
• 펴 낸 곳	한국학술정보㈜
	경기도 파주시 교하읍 문발리 526-2
	파주출판문화정보산업단지
	전화 031) 908-3181(대표) · 팩스 031) 908-3189
	홈페이지 http://www.kstudy.com
	e-mail(e-Book사업부) ebook@kstudy.com
• 등 록	제일산-115호(2000. 6. 19)
• 가 격	22,000원

ISBN   978-89-534-6955-6 93890 (Paper Book)
        978-89-534-6956-3 98890 (e-Book)